하루의 취향

我的日常取向

把每一天，
都活成自己喜歡的樣子

金歐澈 著
陳品芳 譯

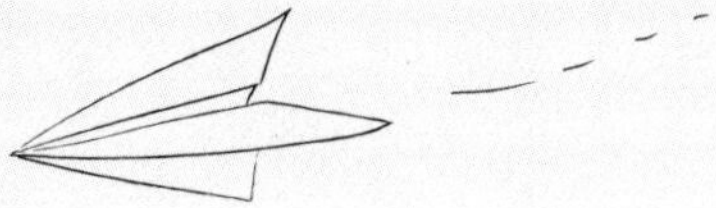

在個人的喜好地圖裡，
我能輕易抵達幸福的彼方。

序

真是奇怪。在「取向」這個平凡的字眼面前，人會變得很洩氣。在談論個人喜好時，我們似乎非得加上「相似」、「與眾不同」這類形容詞，彷彿「平凡」、「沒什麼」，或是「常見的」，才是最適合個人喜好的詞彙。所以在提及「取向」時，我總覺得自己乏善可陳。感覺就像站在別人耗費時間精心打理的花園前，拿出自己相形見絀的盆栽。當大家都在談論個人喜好，只有我一個人感到萬分淒涼時，我翻開字典查了「取向」這個字的意思。

取向〔名詞〕

讓人想著手進行的方向。或產生想往特定方向前進的傾向。

就這樣而已。沒有什麼「理想的花園」的意思，單純指個人的心之所向而已。讓我有點沮喪，有時候又讓我感到落魄，必須時時注意他人目光的「取向」，在我真正去探究其意義時，彷彿將我從這深淵中拯救了出來。取向。心之所向。不需要在意別人、不需要得到他人允許，是我心所嚮往的方向。即使有點俗氣、有點不像樣，即使有點可笑，依然是我的取向。是我寶貴的個人喜好。

在迷霧之中沉睡，待時機成熟便會醒來幫助我們。

——米蘭昆德拉《簾幕》

小時候我曾經羨慕一個朋友寫出來的字。他的字細長、端正，就像他的個性一樣。我曾經偷偷模仿他，但卻永遠學不像。

但我寫出來的字變得比較細長。後來我又注意到另一位朋友的字，這次我開始模仿那筆觸有點輕，感覺莫名輕快的字體。不過在模仿成功之前，我又注意到了另外一個人的字。這次我只是在自己原本寫出來的字上面，加了一點他的特色。我重複了這種事很多次，經過長時間的迷戀、抄襲、失敗之後，最後終於擁有屬於自己的字體，不和任何人相似、只屬於我自己的字體。

這樣的過程，難道只會發生在寫字這件事上嗎？至今我不知模仿過多少作家的文體，不知想竊取多少人的個性、想擁有多少人的見識；不知有多少我無法擁有的特質，一直不斷吸引我的注意。在經歷無數失敗後，來到今天，我仍然只是我自己。這或許是理所當然的事，也是我該慶幸的事。

每個人都會這樣。我們每天被接觸到的事物所動搖，然後為了那些事物打開錢包、耗費時間。最後等待著我們的有時候是絕望，有時候是後悔。但幸好我依然有一些收穫，帶著最適合我的顏色、成為最適合我的型態，足以被稱為「我的取向」的東西，於是誕生。

這真是令人喜悅又欣慰，所以我也有尊重自我取向的義務。不追隨流行、不在乎他人的視線，將個人取向當做標準，好好妝點我的每一天。將那份心意當成是動力，這種個人取向今後也將繼續幫助我活出自我。

我曾經耗費長時間思考「取向」這件事。思考為何當時吸引我的不是那個，而是這個？而這又和哪一部分的我相似？這樣的喜好，會在我身上停留多久？把每一天的喜好蒐集起來，最後我會成為一個帶有什麼色彩的人？在這種煩惱之中歸結出的「內心偏好」，我將其稱作「日常取向」。雖不知道明天我的心又會往哪個方向前進，但今天是因為這樣的偏好，才讓我得以活出自我。即使不得體、不優雅、不偉大、不完美，但正是那樣的取向，讓我今天也能夠活得更像自己。

金歐澈

Contents

3

4

1

要不要買
適不適合
會不會太顯眼？但好像也不錯
一直煩惱到最後
還是讓朋友看了我想買的衣服

朋友一看就說
「喂！妳有這件衣服了！」

這怎麼可能
她完全看不出來這件衣服的材質、長度、圖案、顏色
和我以前的衣服有多不一樣

即使跟她說
「不！我沒有這種衣服！」
她也會轉身恥笑我
即使不知道是從哪裡、怎麼開始的
但這確實是我的喜好

我也想穿一次《樂來越愛你》那件連身長裙

攝影棚一如既往地大聲播著音樂。或許是為了激起模特兒的情緒，也或許是為了讓攝影棚內過度疲累的工作人員提振精神，音樂總是震耳欲聾。但那天，攝影棚總有點不太一樣，有好幾個人帶著似夢非夢的表情一邊聽著音樂。

「不覺得這場戲很棒嗎？」

「我在這裡哭了！」

「我是沒有哭，但真的很棒。」

其中一人問站在一旁，一臉茫然的我：「妳有看《樂來越愛你》嗎？」

「啊，不，我還沒……」

讓現場工作人員為之瘋狂的音樂，就是電影《樂來越愛你》的原聲帶。雖然我還沒看這部電影，但因為原聲帶在我們拍攝期間不停播放，所以拍攝結束後，我便立刻前往電影院欣賞。幸虧真的去看了，否則我差點成為不問世事的傻瓜。隔天開會跟廣告主見面時，《樂來越愛你》也不斷被提起。某位廣告主提議做類似《樂來越愛你》的廣告，另外一位廣告主則妄想著找《樂來越愛你》的導演來拍廣告。身邊不斷有人說自己電影才剛開始沒多久就看到哭，新聞不斷報導、模仿影片也接二連三推出，走進每間咖啡廳都在播放這部電影的音樂。完全陷入了《樂來越愛你》的熱潮之中。那天我跟朋友走進咖啡廳，背景音樂毫無疑問地也是《樂來越愛你》。

朋友說：

「你有看這部電影嗎？」

「看啦，最近這部電影超紅的耶。」

「我看了這部電影，覺得好後悔。」

「為什麼？因為沒談過這種戀愛嗎？」

「不，我是覺得為什麼我沒有穿過那種挖背式的連身洋裝？還有為什麼我已經三十七歲了？真的超後悔。」

「喂，妳穿這種衣服是要去哪啦？」

「沒有啊，就算只能在年底穿一次，我也一定要買一件那種連身洋裝。應該要享受一下這點程度的奢侈才對……每次都買一些可以平常穿的衣服，結果不知不覺到了這個年紀。」

我已經聽過很多人的《樂來越愛你》心得，但卻是第一次聽到有人的心得是「想穿挖背式連身洋裝」。朋友這番無厘頭的告白，讓我那天一直笑個不停。或許挖背式連身洋裝對那位朋友來說，就象徵著無法回頭的年輕歲月吧。就像至今還掛在我衣櫃一角，那件剛上大學時穿的大衣一樣。就像買回來想等瘦下來再穿，結果卻一次也沒穿過的牛仔褲一樣。也像我那些又大又重、又華麗，裝滿一整個盒子的項鍊一樣。

最近認識我的人或許很難想像，但以前的我非常熱愛又大又重、又華麗的項鍊。無論是穿T恤、嘻哈褲還是西裝外套，我都會戴上這些項鍊，絲毫不在乎是否合適。

媽媽很久以前去國外旅行時買回來的項鍊，後來也成了我的東西。朋友說不知道該在什麼場合戴的大項鍊，終究也成了我的囊中物。看到這樣的我，人們偶爾會說個幾句，這些話大致上可以分為三類：

1. 「喂，這很重耶，妳脖子不痛嗎？」（會說這種話的，都是四十歲以上的人。然後他們會很自然地把話題轉移到頸部骨刺上頭去。）
2. 「妳有很多一樣的項鍊耶。」（經常從和我興趣差異很大的朋友那邊聽到。明明是不同的項鍊，但他們卻看不太出來。）
3. 「妳真的很了不起，這麼華麗的項鍊，妳戴起來卻看起來一點也不誇張。真的很適合妳。」（經常從無論如何一定會找出他人優點的人那邊聽到，原來世界上真的有這麼善良的人。）

3號這種說法，我會當成真正的稱讚。盡情戴自己喜歡的項鍊，一點也不誇張！對於即使項鍊很華麗，還是不想太過顯眼的我來說，這句話真的很棒。

而1號則是讓我想把耳朵關上，不想再聽第二次的話。因為不重，因為我覺得這沒什麼。而且說什麼頸部骨刺。各位，我才二十幾歲好嗎。年輕時的我真的很無知。

但等我也邁入三十大關，現在即將邁入四字頭，終於要和那讓我執著超過十五年的項鍊道別。以前一整天戴著走來走去也不為所動的重量，如今已讓我感到有點辛苦。沒錯。這不是喜好問題，而是當時我覺得絕不可能發生在我身上的頸部骨刺問題，使我不得不放下對項鍊的愛。悲傷的是，我的喜好一點也沒有改變。我看到又大又華麗的項鍊，依然會自動靠過去欣賞，完全無法從櫥窗前離開一步；也曾經一直盯著別人的項鍊看。甚至還因為留戀這些項鍊，站在鏡子前試戴，然後又立刻拿下來。現在我已經沒有足以支撐這項個人喜好的頸部肌肉了。就這樣，項鍊成了我的過去。

物品就象徵著記憶。它們記憶著我想要遺忘、想要隱藏在某個角落的自己；記憶著刻意把特定物品放在顯眼處以達到提醒效果，但卻總是遺忘的自己；記憶著曾經耀眼無比的我、最俗氣的我；鼓起勇氣想要華麗一點，但最後還是只能靜靜坐在角落的我；甚至是想要趕跑那些落魄的心情，刻意衝動購物的我。

有些項鍊象徵著我早已褪色的風光歲月，挖背式連身洋裝則代表我始終未能跨越的那條線。在仔細翻閱那些未能狠心丟棄、堆積在家中角落的物品後，總讓人感覺整棟房子宛如成了一座回憶博物館，而最後每一件物品究竟記憶著什麼，我們也不得而知。可能是幸福、可能是離別、可能是後悔、可能是尷尬，也可能是內心深處的搔癢難耐。我只希望那個回憶，絕對不是遺憾。畢竟我們現在都還太年輕，不該擁有「當時應該要嘗試」、「仔細想想當時真的太年輕」這種留戀。

或許我應該要買件挖背式連身洋裝送那位朋友才對。

某種宣言

家也需要一個名字。新婚後剛搬完家，我坐在窗邊一邊喝咖啡、一邊看著窗外風景，同時對老公說：「叫『望遠咖啡廳』怎麼樣？」但我很快意識到這個名字有多麼荒唐可笑。因為雖然叫做「咖啡廳」，但我們卻成天在家裡喝啤酒。我跟最好的酒友談了四年戀愛，最後終於住在一起。我們在自己的小窩裡，每天刷新自己的酒量紀錄。

「說什麼咖啡廳啊？」

「怎麼了嗎？」

「望遠咖啡廳不適合這個家。我們都只喝酒……叫『望遠酒館』怎麼樣？」

「喔！有一種一邊孤寂地看著遠方、一邊喝酒的感覺，很棒！」

就這樣，我們家成了「望遠酒館」。無論是我們自己，還是父母、朋友，甚至是公司的同事，全都稱呼我們家為「望遠酒館」。這麼叫著叫著，開始有人誤以為這是真的酒館，還來問我們供應哪些餐點，有些人還很認真地去搜尋店址。有一次，「望遠酒館」甚至以酒館的招牌出現在網路漫畫〈城市酒鬼小姐們〉裡頭。我們認為這是很光榮的事，那天當然也沒有例外地喝了酒慶祝。家中堆放了各式各樣的酒瓶。問題在於家中堆放的，似乎不僅僅是酒瓶。望遠酒館的兩位老闆，都是有蒐集癖的人。無論是書、公仔、食物，或者是ＣＤ、黑膠唱片，都以驚人的速度增加。某天，有位來我們家玩的朋友說「你們絕對搬不了家」，但在押金與租金年年上漲的壓力下，我們別無他法，只能打包起所有的東西，搬了第二次家。搬家時還一直跟搬家公司的大叔賠不是。

在即將搬第三次家之前，我們討論了很久。每兩年搬一次家，真的太辛苦了。無論是書、ＣＤ還是公仔，最好還是放在一個固定的地方。

最重要的，是我們想在某個地方定居下來，再也不想對別人感到抱歉，也不想再隨便找個地方窩著過生活。所以答案只有一個：那就是買房子。而且我們想住的房子也只有一間，那就是新婚時住過的公寓。更正確地來說，能讓我們住得下去的房子，也只有那一間。跟四年前相比，現在的房價已經漲了一百萬韓元[1]。奇怪的是，居然沒有任何一個人贊成我們的決定。媽說那棟公寓太遠，不希望我們搬去；對房地產很有興趣的阿姨，也因為公寓太小，房價不會再漲而反對，房仲老闆也搖頭。但有兩個人贊成，那就是望遠酒館的老闆夫妻——我和我先生。那不是為了賣掉而買的房子，是為了生活而買的房子。所以我們在銀行的幫助下，買下了那間數年來價格都沒有變動，未來也不會再有改變的房子。等八個月後現在的住戶合約到期，我們就能搬進那棟房子裡。

只剩下八個月，我忙得不可開交。要思考的事情很多，要決定的事情也很多，都是跟「家」有關的決定。那是每天要花一半時間待在裡頭的空間，是完整呈現主人生活的空間，自然也必須像主人一樣。

哪裡該放什麼、哪裡該怎麼裝飾、哪裡該空下來，思考到最後，很自然地都指向同一個問題，那就是「我想過怎樣的生活」。

① 約新臺幣兩萬五千八百元。

我想起很久以前在英文補習班看過的影片。一位英國太太在介紹自己的餐桌，她很自豪地介紹了一個往內凹的三角形空間，這是因為她媽媽一輩子都在這張餐桌上燙衣服。聽到她說因為這張桌子長期被用來燙衣服，所以才會有這個凹下去的空間時，我便下定決心：我也要有一張這樣的桌子。能和我長相廝守、直到終老的桌子；一張能讓我在桌前書寫、吃飯、和朋友聊天、喝酒、喝咖啡、工作，能夠記得我的桌子。於是，當時還是菜鳥上班族的我，決定花光自己的月薪，買一張很大的桌子和書櫃。

當我正在向身邊的人打聽時，得知一位前輩的好朋友剛從家具學校畢業，成為木工沒多久。和那位身材比我嬌小許多的木工姊姊見面後，我便拜託她製作桌子與書櫃。我的要求只有兩個：我要一張大到可以同時讓很多人圍坐在旁邊的桌子。

還有，未來我可能會搬到比現在更小，也可能會搬到比現在更大的房子，所以書櫃的尺寸必須能夠隨意調整。這麼一來，無論搬到怎樣的房子，這張桌子與書櫃都可以陪我到老。

新手木工姊姊做給我的桌子和書櫃，以我的標準來看近乎完美。但以木工的水準來看，那位「新手」姊姊犯下了將兩種斷面收縮率不同的木頭，拚在一起做成桌子的致命失誤。所以一到夏天，裡面的木頭就會膨脹，外面的木頭無法支撐，桌子的邊角會被撐開，但到了冬天就會變得很平整。那位姊姊每次看到這張桌子，都會覺得很不好意思，但我卻覺得好像自己桌上也有燙過衣服的痕跡一樣，彷彿為這張桌子賦予了另一個故事，這讓我感到十分愉快。

我想要過這樣的生活。想和我所擁有的事物，長長久久地一起變老。雖然現在很流行極簡主義的書，但我很了解我們夫妻。即使再投胎一次，我們仍然不可能成為極簡主義者。我的喜好就是在客廳的正中央放一張邊緣被撐開的桌子，對面放一個老舊的書櫃，然後在很久以前去旅行時買的玩具飛機旁邊，放上不久前親手做的陶瓷花瓶。

我們會和所有的蒐藏品、所有的家具，一起累積一輩子的故事到老。這樣一來，望遠酒館就必須成為盛裝每一個時刻的容器。

為了準備，我翻閱各種國外雜誌和室內裝潢網站。思考要用怎樣的方式收納、分析我們的行為模式，看看哪個角落需要什麼、牆壁與瓷磚該選用什麼顏色，整體的氣氛該如何營造，八個月來我不斷煩惱。但最大的問題其實是錢。看到裝潢費用的預算之後，我失望了很久。雖然這個金額非常合理，但對我們來說卻是太大的負擔。一定要做到這個程度嗎？這樣真的可以嗎？我憤憤不平地向老公抱怨。

「還是能做哪些就做哪些？好像不需要勉強到這樣。」

「這樣妳會滿意嗎？」

「……不。」

「歐澈，我認為這是一種宣言，是我們要這樣過生活的宣言。」

我反覆咀嚼這句話好多次。沒錯。這個家是我們的宣言，是我們拒絕過用負擔過高的房貸在昂貴社區買下昂貴的房子，成天期待房價上漲，卻也同時被債務追著跑而無法享受當下的生活宣言；是我們在自己的能力範圍內貸款，不期待房價會上漲，也不期望自己未來會成為大富翁，只希望能夠精心打造、讓現在能過上舒適生活的宣言。無論別人說什麼閒話，只要我們兩個不在意，那一切就無所謂。這是我們對人生的宣言。我緊緊地閉上眼，堅定了自己的心意，就這樣開始施工。

我徹夜翻閱壁紙書，在色彩的海洋裡挑選符合我喜好的顏色。當然，我是業餘的，自然也犯下挑了怪顏色的失誤（只有我一個人認為這是失誤，讓我好幾天睡不著覺。）因為想要看起來獨特一點，所以我把所有的房門全都漆成天藍色（有些人嘲笑我說是在模仿希臘聖托里尼，這個顏色又讓我抓了好幾天的頭髮。）總之，大學時買的ＩＫＥＡ櫥櫃、木工姊姊為我做的桌子和書櫃，以及各式各樣的公仔，都在新家找到落腳處。我們不斷地整理再整理，累到腳底板都要腫起來。

幾個星期之後，媽媽和阿姨來拜訪我們。

因為當時她們非常反對，所以我如坐針氈，但我多慮了。她們看見裝潢好的房子之後，瞬間理解了我們的想法。那時我終於明白，依照自己的想像、依照自己的喜好生活，是比任何言語都更強而有力的宣言。為自我人生代言的權力，終究是屬於自己的。

就這樣，望遠酒館成了我們對人生的宣言。

外子，內人

「妳男友是做什麼的？」

「他還是學生。」

三年九個月後，問題和答案變成這樣：

「妳老公是做什麼的？」

「他是學生。」

當然，問題並沒有就此打住。

「什麼學生？」

「他學歷史，正在攻讀博士。」

「所以是妳在賺錢嗎？」

「當然。」

「哇，歐澈，妳可以跟我結婚嗎？」

「我抽號碼牌等妳，前面應該很多人在排隊。」

大多數的人在得知老公是學生，整天都待在家，而我負責出門上班賺錢之後，便前仆後繼地向我求婚。不分男女、年紀，唯一的共通點就是：他們都是上班族。所以女性上班族的內心深處，確實仍幻想著有一天能當家庭主婦；男生則是做著送太太出門上班之後，能夠悠閒喝杯咖啡的夢。當然，現實和夢想絕對不一樣。

總之就是這樣，在談戀愛的時候也經常是我出錢，結婚後我正式成為一家之主。結婚前，我跟老公並肩坐在電腦前。我們打開 EXCEL 檔案，把我的月薪寫在最上面，因為那是我們唯一的收入來源。接著在底下列出我們的支出明細，電信費、管理費、生活費、交通費、儲蓄、保險費等。一直寫下來，最後剛好剩下五千韓元[2]，這是個一個月連喝杯咖啡的閒錢都沒有的家庭。看著那張表，突然有個想法掃過我的腦海，我從椅子上跳起來說：

「我們去百貨公司，想買的東西現在就得買，結婚之後可能買不了了。」

當時正在準備結婚的我們，購物慾望相當強烈，也幾乎失去了對錢的感受。那是隨隨便便就能花掉一百萬韓元、兩百萬韓元的時期。我們害怕錯過現在，會有很長一段時間什麼都買不了。那天，我先買了那些非必要的東西，先把感覺可能有一天會派上用場的東西放進購物籃裡。像是成為一家之主前的最後告別一樣，我毫無節制地瘋狂購物了一番。但和預期的不同，我們的結婚生活很平穩。我早上起來梳洗化妝的時候，老公會準備早餐、為我打包便當。當然，便當的小菜有一半以上都是出自婆婆之手。結婚前，婆婆經常從老家寄老公愛吃的小菜到首爾來，結婚之後連媳婦的份她都一起寄了。偶爾還會送一些食材，婆婆會留紙條叮囑老公一定要打電話回去，這樣她才能告訴我們怎麼料理。她總是指示「這樣做好之後再給歐澈吃」，媳婦也不能反駁，只能聽從婆婆的話而已。老公總是在婆婆的指導之下做出一桌的菜餚，而我也津津有味地吃著。

② 約新臺幣一百二十八元。

早餐是老公做的、午餐也是他替我包便當，所以晚餐大多由我掌廚。雖然老公總是抱歉地問我下班之後會不會累，但如果不這麼做，我實在覺得過意不去。我只有晚餐時間，才能試做在部落格上看到的神奇異國料理。而唯一能讓我毫無罪惡感地進行實驗的對象，也只有老公而已。所以，晚餐時間有很高的機率變成各種異國料理的實驗時間。我會使用烤箱，神祕的香料也經常出現在餐桌上。不過經歷這麼多實驗之後，唯一成為固定菜色的只有義大利麵，但那時我們吃著義大利麵、吃著炸雞、吃著神祕的無名料理，創造屬於我們的生活規律。既自然又理所當然。

但旁觀者並沒有自然、理所當然地接受我們的關係。他們覺得很怪又很奇特。其實，這些問題在戀愛時也存在。如果我說自己的男友還是學生，那麼大家一定會說：

「那約會時通常是妳出錢囉？」

「當然。」

「這樣沒關係嗎？」

「什麼沒關係？」

「會不會傷害到妳男友的自尊心？」

「會嗎？不會吧？」

一直被問這種問題，某天我突然開始好奇，這個男人到底是不是真的無所謂？他是否真的像在連續劇裡出現、在網路留言板貼文的那些男人一樣，在有經濟能力的女人面前會感到自卑，每一件事情都讓他自卑，只是一直忍著而已。雖然我覺得沒關係，但這並不保證男友也覺得沒關係。於是我小心翼翼地問：

「每次都是我付錢，多少會傷到你的自尊心吧？」

「為什麼會傷到我的自尊？」

「連續劇裡面啊，不是很多男人都因為自卑感提分手嗎？」

「我又不是連續劇主角。」

他不只是嘴上說說而已，事實上男友完全沒自尊心到讓我感到抱歉的地步。我們生活的方式完全不同，選擇的路也不同，賺錢的時間和方式自然也不一樣。在這一點上，我們完全不適用「男女」這個標準。無論人們怎麼看我們，我們的關係都是特別的。

結婚之後，老公很自然地介紹我是「外子」，自己是「內人」。就如字面意義，我是在外面工作的人，而他是在家讀書的人。光是這樣介紹，就已經沖淡了語言本身的偏見，人們的刻板印象也開始有了轉變。當偏見和刻板印象消失之後，我們獲得了更多的歡笑。「哈哈哈，真的耶，無論是男人還是女人，在家裡的人就是內人。」

沒錯。只是不把自己限制「男人」這個字裡，不把對方限制在「女人」這個字裡，將性別的限制從一切的可能性當中排除，我們就能夠展開完全不同形式的生活。而截然不同的幸福，也就隨之而來。現在我依然是大多數時間都待在外面的外子，而老公仍是大多數時間都在家中的內人。即使是現在，我們也用屬於我們自己的方式在享受幸福。

春夜的左巴

太麻煩了。真的太麻煩了。這麻煩是由我製造出來的，更讓我感到麻煩。我寫了一本書叫《每一天的旅行》。居然叫「每一天」，那就是星期一二三四五六日都在旅行的意思嗎？這真的有可能嗎？在韓國有可能嗎？在這個社會有可能嗎？我的懷疑情有可原。也因為這樣，人們總是會問：

「妳平時經常旅行吧？」

當然，我很想這樣回答：

「對，上週末才沿著首爾城郭散步一圈，梅花都已經開了呢。下禮拜想到南道去旅行，然後再下週……」

但這回答肯定是騙人的，因為週末我絕對不會出門，連家門口的超市都不去。日本某個偶像團體的成員說：「休息的時候如果不待在家裡，就真的太浪費錢了，一想到當初是為什麼要花錢買房子，就讓人更不想出門。」我覺得他這番話真是對極了！有事情非出門不可時，我會瞬間覺得自己成為全世界最委屈的人。「週末居然不出門，這有很嚇人嗎？一週五天都在外奔波，週末還要出門，真也太悲慘了，太委屈了吧！」我還曾經請了假，整整一個禮拜都待在家。那時真的完全沒有離開家門一步，所以覺得很幸福。因為這該死的宅女DNA，讓我春夏秋冬都窩在家裡。窗戶就像是掛在客廳裡的畫框一樣。但同是廣告撰稿人的前輩金荷娜作家卻和我不同。真的很不一樣。

那是很久以前的事了。那天下班之後我們並沒有各自回家，而是一起去她家。因為隔天凌晨必須一起上班，而回到我家所在的龍仁再來上班，實在太辛苦。前輩願意讓我留宿一晚，所以我們像平常一樣喝了很多酒，然後回到她家準備睡覺。先洗好澡出來的我，鑽進她已經先鋪在地板上的棉被裡。接下來就是與意志力的戰爭了。我擁有隨時隨地、只要躺到枕頭上就能一秒入睡的神奇能力，所以我只好硬撐著不睡等她洗好澡出來，這是因為我希望至少可以道聲晚安再入睡。因為我是個很有禮貌的後輩。就這麼靠意志力撐著，門終於打開了，她走出來叫了我的名字。

「小澈。」（她總是這樣叫我。）

「是。」

「我覺得啊，」

「怎麼樣？」

「人生有好也有壞，所以如果遇到好的日子，我們要儘量把那一天過得很長。」

「是。」

「我們出去吧。」

「什麼？」

那是一個春天的夜晚。我在睡衣外頭穿上一件夾克，兩人的頭都還沒吹乾就走出了家門。雖然是春天，但晚上的風依然很冷。前輩頂著風走在前頭，她走過車子呼嘯而過的大馬路，走進低矮老舊的公寓社區裡。

突然，櫻花像星光一樣落下。這個公寓社區有棵歷史悠久的老櫻花樹，那棵樹當時正用盡全力地綻放著。那紛飛的櫻花，比路燈的光芒更加耀眼。我仰起頭，努力用眼睛記錄下櫻花的姿態。前輩則是頭也不回地走進公寓社區的深處。怕跟丟的我也快步跟上，往更深處走去。接著，漢江突然展開在眼前。

「哇！這裡真不得了！」

「很棒吧？很棒對吧？我很喜歡這裡。」

接著她就在可以俯瞰漢江的那片草皮上，像隻小狗一樣蹦蹦跳跳。看著她天真浪漫地跳著的模樣，一瞬間我也覺得，如果自己也能這樣不顧一切，用盡全身力氣來表達喜悅，那該有多好。畢竟我是個無論再怎麼開心，也不會失去理智到穿著睡衣在草皮上跳來跳去的人。我是即使喝了酒，在那個夜晚還是會緊抓著理性的人。前輩與我，就像《希臘左巴》裡出現的左巴與老闆一樣。

那一瞬間，毫無顧忌，用盡全身的力氣來享受人生每一刻的左巴。以及憧憬著那樣的左巴，但卻又不願意放開理性的老闆。

大哥！我真的有很多話想跟你說。我從來不曾這樣愛過一個人。雖然有很多話想說，但我的舌頭卻動彈不得。就用舞蹈來表現給你看吧！來，要開始了！

——尼可斯．卡山札基《希臘左巴》

在那個美麗的春夜，我帶著羨慕的眼光，看著在草地上跳躍、用全身感受的春日氣息的前輩，看著那紛飛的櫻花，以及腳下流淌的漢江。我恍恍惚惚地站著，靜靜地看著這個春夜。對在草地上跳躍的前輩，和靜靜站著的我來說，這都是個美好的夜晚。或許就像前輩說的一樣，遇到好的日子，我們就要盡最大的努力把那天過得很長很長。完成我們的任務之後，我們再一次穿越櫻花隧道和老舊的公寓，回到她家。或許是因為剛才的散步，也或許是因為我在的緣故，平時飽受失眠所苦的前輩先入睡了，聽著她平穩的呼吸聲，我也很快進入夢鄉。

隔天早上，我一邊準備上班一邊說：

「昨晚的櫻花散步真的很棒。」

「櫻花散步？」

「對。」

「誰？我們嗎？」

怎麼會這樣？該不會不記得了吧？我用超傻眼的表情對她說：

「妳說人生有好日子也有不好的日子，遇到好日子的時候，我們要儘量把那天過得很長，所以就帶我出門啦。」

「啊，我想起來了，那裡的櫻花很棒對吧？」

「超級超級超級棒！妳還高興地在草地上跳個不停不是嗎？」

她的表情突然變得僵硬，接著她盯著我的眼睛說：

「我跳來跳去？在那塊草地上？」

「嗯，在可以俯瞰漢江的那塊草地上，我本來也想一起跳，但後來想說算了。」

「我真的跳了嗎？在那裡跳了？」

「嗯，妳不記得了嗎？」

「那裡……是整個社區的狗都會去大小便的草地……我真的……在那跳了？」

我也用僵硬的表情看了她一會兒，我想她應該是又斷片了。現在該輪到我跳了，我當場抱著肚子大笑了起來。哈哈哈哈哈哈哈哈哈。

即使要踩在滿是狗屎的地上，也要拚命活著就是這個意思嗎？那我想要稍微改一下這句話。即使踩在滿是狗屎的地上，但春夜依然很美。即使過了十幾年，那晚依然是我記憶中難以言喻的美好。所以我偶爾會想起當時的事。我經常會對自己說：拜託，懶惰的我啊，拜託離開家裡，到外面去走走吧！把今天變成美好的一天。就像前輩所說的，遇到好日子的時候，儘量把那天過得很長很長是我們的義務，而今天或許是最適合履行這個義務的好日子也說不定。

還想要更多帥氣的姊姊

我接到前輩的聯繫，說她女兒即將入學，要我跟她一起去買書包。

「孩子的喜好很明確，應該很快就能選到她要的書包。唉，新學期到了，要買的東西真的好多。」

從她嘴裡聽到「入學」、「書包」、「新學期」這些字眼時，我瞬間發現，這些事情已經離我太遠了。我也曾經有過一年要聽到兩次「新學期」，三年要聽一次「入學」這個單字的時期。

和察覺到「考試」這個單字已經永遠離開我時的解放感不同，這次我反而想起遙遠的回憶。我想起新學期教室裡陌生的氣氛。一瞬間回想起我們不知道誰是誰、不知道誰會成為我的朋友，彼此互相探索、興奮中帶著點緊張的空氣。接著我想起劃破那道空氣走進教室裡的一位姊姊。以及她毫不害怕的表情、毫不猶豫的聲音。

「大家好，我是假面舞[3]社團的社長，二年級的〇〇〇。應該已經有很多學姊來介紹自己的社團了吧？我今天想要跟大家介紹我們的假面舞社團。」

我就讀的女高是非常會鞭策學生讀書的學校，但神奇的是，學校社團相當發達。廣播社、漫畫社、攝影社、熱舞社等等，只要到了休息時間，學姊們就會出現在還未褪下中學生稚嫩氣質的我們面前，努力為社團招生。

「翻一下自己的櫃子就知道，每個人都有一臺相機。」

「我們廣播社呢……」

但我已經是個高中生了，有著滿滿的鬥志，渴望要認真讀書。讀書！沒錯，讀書！我要到首爾去讀大學！我要離開大邱！實在沒有心思去顧到什麼社團的事情。所以無論是怎樣的學姊走進來，我都只是有一搭沒一搭地聽著。但是！這次不同了。我無法不去注意這位學姊的聲音。雖然口氣很親切，但卻很響亮清楚地說明，每一句話都不拖泥帶水。我呆呆地望著她，最後就在命運的帶領之下加入假面舞社。你可能會想問，她有把假面舞說明得那麼仔細嗎？不，更重要的是我迷上她了。用最近的話來說，她就是個「帥氣的女孩」！當然，我是不知道當時有沒有這種形容詞啦。總之我下定決心，要將身心靈投入假面舞，而不是讀書。

結果級任導師開始慌張了。班上原本說要認真讀書的學生，突然決定不讀書，要跑去跳假面舞！各種懷柔與脅迫的招式盡出，最後甚至演變到要把我媽媽找到學校來的情況。但無論大人說什麼，我都已經加入了假面舞社。

第一天，有超過十位假面舞社團新生，二年級的學姐表演假面舞給我們看。演出裡有妓生、有破戒僧、有貴族和書生，也有傻瓜。那我迷上的那位學姊呢？她和牛一起登場了。那位學姊的角色不是別的，正是白丁。

賤民中的賤民，白丁。學姊把假牛的肚子剖開，從裡面掏出內臟、割下牛的睪丸，把那些東西賣給我們。就像在講臺上講課一樣，她的動作毫不遲疑，臺詞如行雲流水。白丁出現在很多場戲裡面，而我也漸漸變得焦慮。「這個角色這麼有魅力，如果大家都

③ 一種表演者頭戴面具的韓國傳統舞蹈戲劇。

報名要演白丁怎麼辦？」快看快看！白丁的臺詞這麼多，根本就是假面舞的核心角色，像我這種人不可能演啦。

但那真的是全世界最沒用的擔憂。畢竟到底誰會想要去演白丁啊？沒有人，真的沒有任何一個人去報名。所以我就在同額報名的競爭之下，非常順利地獲得白丁這個角色，同時也成了那位帥氣學姊的直屬學妹。

但問題就從這時開始，我完全不了解自己。居然要學假面舞！居然要學舞！居然要用身體來學東西！唉，金歐澈啊！小時候連一般的狗腿舞都不會跳，是跳舞課上表現最差的舞癡。這副不協調的身體，居然要跳舞？於是我會在上學路上一邊練習手的動作，午餐時間會到教室後面練習步伐，傍晚回家路上則會把兩個合在一起練。真的不是開玩笑，就在人來人往的大街上，像白丁一樣走路。不對，我是很努力地想像白丁一樣走路，但總是失敗、失敗、再失敗。

面對這麼明顯的失敗，學姊首先放棄我的舞感。

「原來妳不是擅長跳舞的人啊，好吧，一個動作一個動作背起來跳就好，我們再來試試看吧？」

但還是失敗，接下來學姊就放棄我的舞了。

「好，改澈，從步伐開始練習吧。步伐走得好，舞就會變自然了。右腳往前踏出去的時候，肩膀……不對，妳仔細看我的動作，像這樣。」

但還是失敗，不管怎麼樣都是失敗收場。我只能放棄自己，我只想哭。我每天都在想是不是乾脆在這放棄好了。最後我會把一切都搞砸，是不是應該趁現在盡早放棄才對。

但學姊卻沒有放棄我。不，她完全沒有要放棄的意思。她跟我一起站在鏡子前面，一再練習每一個步伐。練習時間其他人都不太會出現，但我從來不曾缺席。感冒到全身痠痛時我還是去練習，就連暑假都會一天練習四個小時。因為對陽光過敏，所以我還穿著長袖練。

我努力地練習，就這樣過了一年。當然，我的成績一落千丈。但我漸漸成了白丁，於是我感到很開心，畢竟我這個女高中生的夢想，就是成為白丁。

當我急著想成為像學姊那樣帥氣的白丁時，朋友們也都各自找到自己心目中帥氣的學姊。五月的體育大賽就是一個分水嶺。最引人注目的，自然是籃球實力出色的學姊。每次那位學姊經過，朋友們都會尖叫。像她一樣剪短髮的人愈來愈多，她的桌上也會被放不少糖果。只要她說一句「考試加油」，朋友就會被迷得神魂顛倒，朋友的表情我至今仍記得很清楚。

另外一群朋友則是追逐在體育大會時，跳H．O．T舞的學姊們。她們開始模仿那些學姊穿寬鬆的褲子，也像她們一樣把瀏海留長、把後面的頭髮往上推。這些學姊的桌上，也開始堆滿糖果和信。

沒錯。我們身邊，總是有著帥氣的姊姊。當然，當我們升上二年級之後，也開始有了看著我的朋友尖叫的一年級學妹。雖然很難理解，但只要想到一年前的自己，就覺得好像能懂她們的心情，畢竟女高中生就是需要一些帥氣的姊姊。

看著這些帥氣的姊姊們，我們會在不知不覺間學會耍帥的方法、說話簡潔有力的方法，和乾淨俐落的行為模式。當然，我也學會怎麼當一個白丁。出了社會之後，我不時會想起當時那些姊姊。也會想，當時有那麼多帥氣的姊姊，怎麼現在卻一個都找不到？現在只有大量的男性前輩，還有說要結婚、要送孩子上學、老公被派到國外，或是因為各種不合理的壓迫，最後只好離開的女性前輩與同事們。當然，也有少數衝破這些難關的女性前輩存在。過去有很多令人憧憬的學姊，現在則有在名聲上已和男性並駕齊驅的女性職場前輩、人脈比實力更加強大的前輩等等。

愈是這樣，我就愈想在遇到帥氣的姊姊時，把她們的姿態珍藏在心裡。在上司面前也毫不退縮，可以堅持說出個人意見的姊姊；當大家都很激動時，可以堅守原則、柔而不剛地說明的姊姊；遇到辛苦的事情卻從來不曾抱怨，一直忍耐到最後的姊姊；工作時上下分明，但私底下卻又和後輩沒有距離的姊姊；以及在這個充斥著男性的社會當中，始終守著個人崗位的姊姊，我都想一一珍藏在心裡。

今年初，我也迷上了令全國人民瘋狂不已的帥氣女子冰壺隊長，下意識喊出「那個姊姊好帥喔」的時候我便明白，無論年紀大還是小，這個社會需要更多帥氣的女人，需要有更多女人站出來，衝破這個社會以男性為主的不合理規範。沒錯。更多的女性職員、女性審查委員、女性面試官、女性總監、女性指揮者、女性政治人物、女性代表，我們需要更多的女性。我們需要更多元的聲音，需要更平等的力量。因為有她們，這個世界將不同以往。我帶著這份迫切的心情寫下這段文字：

我們還需要更多帥氣的姊姊、帥氣的妹妹。

寬大的人

善變一直是我的弱點。一開始吵著要上補習班，但真的開始上課了，卻又在才去一次之後吵著說要放棄，我會用「媽，聽了課之後覺得喘不過氣來，我沒辦法去了」當藉口。喘不過氣來是我慣用的藉口，覺得不滿意的時候，身體就會真的開始喘不過氣來。以此為藉口、以其他的各種理由為藉口，我放棄了大多數曾經認真想做的事情。在我的藉口之下，眾多語言、運動與課業與我擦身而過。過去，我從沒有從頭到尾做完任何一件事。但即將邁入四十歲的此刻，我可以說是還清了那不名譽的過去所欠下的債務。

而這一切，都是託陶藝的福。

當我說要去陶藝工房時，大家的反應都一樣。

「妳還有在去？太厲害了吧。」

甚至有一位朋友對我說：

「妳真的很有毅力，到底去幾次了啊？」

當然，我媽要是聽到這句話，肯定會大笑出來。

「他說妳有毅力？哎呀，小時候只要一點點不滿意，就會說喘不過氣來，吵著不要去……」

總之我很認真地上課，已經邁入第八年了。但不能因為上了八年的課，就誤會我現在做得很好。上課的時候通常都是隨時請老師來幫忙，而剩下的時間，則是把被我弄壞的土剝下來。每次都是這樣，真的讓我覺得很悲哀。原來沒有才華就是這麼一回事啊……怎麼做都不成功，就是這種感覺啊……硬是要逼迫沒有才能的自己做點什麼，就會變成這樣啊……但即使如此，我還是努力和絕望對抗，只要工房有開門，我就會找各式各樣的藉口去做東西、去和不同的人見面。神奇的是，這會帶給我安慰感。就像是將大家內心無法用公司、學習和生計填補的那一角空缺，用軟爛的陶土將那裡填補起來的感覺。

其中，有一位第一天就引起我注意的大叔。坐在工房最角落的大叔，當時正在做一個月亮罐。那是一個很大的白瓷罐。他做好了罐子的下半部，然後再做出罐子的上半部，要把這兩個部分仔細地連接在一起，讓連接處不會產生縫隙，這樣才是完整的月亮罐。用說的很簡單，其實罐子下半部的陶土有十五公斤重，上半部的陶土也是十五公斤重，光是做好一半就令人筋疲力盡。要做好這個罐子，就得把這些陶土放到轉盤上，一邊讓土不斷地轉啊轉，一邊抓好重心、移動手將土弄成一樣的厚度，然後再把土捏成半圓形。而且還不是只做一個就沒事了。下半部做好了，還得再做出一個半徑一模一樣的上半部。雖說是興趣，但這條興趣之路好像也太難走了。至少對我來說是這樣。

「你一直在做月亮罐嗎？」

「我是因為想做月亮罐所以才開始學陶藝的……」

「你從頭到尾都只做月亮罐嗎？」

「前兩週學了基礎技巧之後，就開始坐在陶藝轉盤前面了。不管會做成什麼樣子，反正都先做了再說。我對其他的東西沒有興趣，既然是來做月亮罐的，那就做月亮罐吧。

我的想法就是這樣。本來以為很快就會做出來、很快就會放棄，但已經這樣好幾年了。」

這位大叔一直重複我難以想像的過程，好幾個月都在做同一個月亮罐，瘋狂地仔細打磨，當完美的瞬間來臨時，他便會放慢轉盤的速度，一再地修整。如果說我的轉盤速度是時速一百公里，那大叔的轉盤速度就是五公里，不知道這樣各位能否理解？慢慢地、仔細地，不放過任何一個角落，專注於自己的興趣到令人咋舌的程度。

大叔總是比我早來、早開始，比我晚離開。花上幾個月做一個作品，就這樣做了好幾年，他現在究竟做好了幾個月亮罐呢？他都放在家裡嗎？這樣說來，能讓他心滿意足的月亮罐，到底是哪一個？

「成品喔，雖然做了好幾年，但沒有任何成品。那邊那個是因為說要拿去展覽，所以我才試著去燒製。」

過程令人難以置信，結果更令人嘖嘖稱奇。大叔花了好幾個月做月亮罐，盡心盡力地打磨、陰乾，每一個角度都仔細觀賞過後，就把做好的成品摧毀。如果是我做出完美的月亮罐，那即使是高喊「終於完成了！」再開個派對來慶祝都不夠。但他卻親手把成品摧毀，讓它回歸塵土。然後呢？他又再次從頭開始，月亮罐再次變回黏土，在石膏板上變成陶土；然後大叔再度啟動轉盤，重新把陶土捏成月亮罐的形狀。他將總有一天能做出完美月亮罐的希望當做動力，即使這是興趣，也要完美地、仔細地做到自己滿意為止。這世界上，竟然有人是用這種方式對待個人興趣。

如果你想說既然學了八年，我應該也要可以做得出月亮罐，那恕我謝絕這種過度的期待。我的轉盤雖然在大叔旁邊，但每次都會發生與他完全不同的事情。我明明一開始是要做飯碗，做完後卻成了湯碗，但我還是認為這作品合格。明明是要做情侶盤，做完之後卻成了兩個角度、大小都不同的盤子，但還是合格。原本想做細長的花瓶，但最後卻成了矮胖的花瓶……但還是挺美的。好啊，你也跟我一起回家吧。這些奇形怪狀的孩子，最後都被我貼上合格的標籤，送進了燒窯裡。而離開燒窯的成品，雖然都有一些缺點，但也都令我十分滿意。

有一天我環顧四周，發現似乎只有我像外星人，因為工房的所有人都異常地仔細。

因為覺得自己太不一樣了，我就帶著有點不好意思的心情問了老師：

「我是不是太隨便了？」

老師噗哧地笑了出來，回答我說：

「妳對自己很寬容。」

感覺像自己的個性一瞬間被看穿一樣。竟然說我對自己很寬容，我還想了一下這究竟是在罵我還是稱讚我，最後決定當成是一種讚美。畢竟活到現在，在某個方面對自己稍微寬大一點，似乎也不是壞事。對自己寬容的那段時間，似乎成了我賴以維生的氣孔。當然，對隔壁的大叔來說，對自己嚴格的那段時間，或許就是讓他賴以維生的氣孔。每個人的氣孔形狀，都和生活的方式一樣有百百種。總之，我這週也帶著寬以待己的心，打開了工房的門。

社區酒館的教誨

遠道而來拜訪我們社區的朋友說：「我本來想去你們推薦的那間酒館，但實在沒時間，所以就隨便找了一間酒館進去喝。結果發現那家超好喝耶！叫『你和我的酒館』，你們知道嗎？」

我第一次聽到這間酒館的名字，居然有像我這種熱愛自家社區的人不知道的酒館！居然有像我這種酒鬼不知道的酒館！實在覺得驚訝。但我另一方面也在想，如果真的這麼棒，那我應該早就知道才對。

某天，我下班之後跟老公在地鐵站碰面。我們一邊煩惱今天要吃什麼這個深奧又真摯的問題，一邊漫無目的地走著。這時，朋友說的那間酒館突然出現在我眼前。明明是她說的那個名字沒錯，但卻沒有那種由內而外散發出來的光芒。但為了盡到社區居民的義務，我還是推開那間酒館的門。店裡沒有幾張桌子，廚房也比想像中小，菜色比預期多，卻沒有任何一個客人。真的可以相信朋友說的話嗎？我一邊煩惱，一邊開始讀起從炸雞到小章魚一應俱全的菜單，最後吸引我目光的是肉餅。我跟肉餅實在是沒有緣分，真的可以在這種地方，獻出人生第一次的肉餅體驗嗎？酒館居然有賣肉餅，感覺不太搭，但我還是勇敢地點了。

點完餐後，豪邁地笑著說「謝謝」的老闆端上來的並不是肉餅，而是已經醃好的蔥泡菜和芥菜泡菜。那一刻我的直覺告訴我，這裡的食物真的不是開玩笑的；還有，今天我們也會拚了老命地喝酒。端出泡菜的老闆又再次回到廚房，很快煎了兩片肉餅出來。跟價格相比，這個份量真的算少。本來在猶豫是不是要問「就只有這樣嗎？」但老闆似乎看穿了我的心思，他說：

「請先吃這個，肉餅趁熱吃才好吃，我煎好會再送過來。」

老闆把肉餅剪成適當的大小，再熟練地剪開芥菜泡菜跟蔥泡菜，然後用肉餅把泡菜包起來，分別放到盤子裡。在這普通的酒館當中，我們受到了超乎預期的頂級待遇。你問我味道如何？我還能說什麼呢。真的很令人驚艷。熱熱的肉餅令人驚豔，泡菜也是一絕。完全不鹹，而且意外爽口，很快我們便盤底朝天。又煎了一盤肉餅出來的老闆，用一句話總結這個狀況：

「肉餅沒什麼啦，好吃的是泡菜。」

哇，完全展現他對泡菜的自信！菜單上寫著「肉餅」，但他卻說「肉餅沒什麼」。看他這麼有信心的樣子，肯定連剪泡菜這種小事都不會交給工讀生。這是位認為每道食物都要親手處理才會好吃的老闆，所以其他料理自然也不可能難吃。畢竟，什麼樣的人就會做出什麼樣的食物。看著老闆格外豪爽的笑容，我自然想起幾天前在另一間酒館的事情。

原本我們有另外一間常去的社區酒館。在看起來不會有酒館的住宅區巷弄中，那間酒館靜靜座落在那，所以我們通常只是安靜地進去喝兩杯啤酒就離開。雖然偶爾會擔心在這種住宅區這間店到底可以撐多久，不過我們後來也不太常去。過了將近一年之後，我們在幾天前又刻意去了那間店。

沒想到老闆居然換人了，菜單和氣氛也為之一變。我們彎著腰，在習慣的位置坐下，點了一些下酒菜和兩杯啤酒。老闆送上啤酒之後說：

「下酒菜稍後再上，現在是我們的休息時間。」

雖然我回答好，但感覺有點奇怪。晚上十點半居然是休息時間？而且這是酒館耶……不過既然老闆都這樣說了，我們也不疑有他，開始咕嚕咕嚕喝起了啤酒。啤酒喝到一半時，可能是休息時間結束，老闆送來了下酒菜。然後又花了點時間，說明他為了製作這道下酒菜有多辛苦。雖然我覺得這似乎是不太需要花這麼多時間說明的事，但既然他都說了，我們就靜靜地聽。總之，在店裡老闆就是王。

不久之後我們又再點了一杯啤酒，老闆拿著空杯離開時說：

「用這個杯子續杯就可以了吧？洗碗實在太麻煩了。」

如果是平常，我應該會回答「好，就用這個杯子吧。」但這次卻不是這樣。「洗碗實在太麻煩了」這句話，完全激起了我難搞的個性。我故意看著老闆的眼睛說：

「不，請給我們新的杯子。」

老闆看著我，不耐煩地嘆了口氣，把空杯子放在水槽裡，然後拿出了新的杯子。我看著他那個樣子想：「就這樣，我又失去了一間愛店。你也失去了一位可能會成為常客的客人。」

喝完第二杯之後，雖然下酒菜還有剩，但我們依然起身離開。這確實不是讓我們想接著喝第三杯的店。走到收銀檯前想結帳，老闆不知道為什麼抓住了我。他說他本來不是做這個工作的人，只是想要能跟朋友有個地方喝酒，所以才開了這間店，白天這裡是他的工作室，原本他是做什麼什麼的，淨說一些我根本沒有問的事情，

對初次見面的我沒頭沒腦地說了一大堆，都是為了說明一件事：我、不、是、做、這、工、作、的、人，妳、不、要、誤、會、了。

說肉餅要趁熱吃，分好幾次煎好送上桌的老闆，和因為覺得洗碗麻煩，所以要拿用過的杯子再裝酒給客人的老闆；以一道泡菜為傲的老闆，和聲稱自己原本從事其他工作，要客人別誤會的另一位老闆。這兩位不同的老闆，讓兩間店有著截然不同的氣氛，

而我的心也自然地偏向了其中一間店。

我想起老公很久以前跟我說過的話：

「我以前曾經待過銅管工廠，主要的工作內容是把要裝在冰箱裡的細長銅管弄彎，是很簡單、只需要一直重複的內容。做這樣的工作時，一定會有人努力研究怎麼讓工作速度更快。他們會自己做各種嘗試，找出方法之後開心地告訴別人。雖然不會因此多領薪水，也不會因此升遷，但還是一定會有這種人存在。」

沒錯。一定會有這種人。別人覺得做不做都無所謂的事情，他卻偏要全心全力地投入，將一件微不足道的工作做得光彩耀眼。這就是我們經常在電視裡看見的帶著驕傲表情，被冠上「達人」稱號的人。日常生活中有許多人會帶著這樣自豪的表情，埋頭於自己的工作。當然我知道這並不容易，那對我來說也是遙不可及的境界。但遇到身處那個境界的人之後，才能夠理解他們的堅持，因為那份能量能夠完整傳達給我。你想知道我的結論是什麼嗎?意思就是，我會再去吃那肉餅跟泡菜。遲早會去，很快就會去，或許今天立刻就會去。啊，光想就讓人垂涎三尺。

關於說「不」的方法

每個人都有好幾個不同的自己。我有想要耍廢的一面，也有覺得想要耍廢的自己無藥可救的一面；有不斷踱步急著想去旅行的一面，也有光是到家門口的超市買點東西，都會覺得自己很不幸的一面。有覺得決定每天午餐要吃什麼，是全世界最辛苦的事情的時候；也有開會開一開，就瞬間做出決定的時候。看到在陌生人面前因為不知道到底該說什麼才好，只好露出尷尬微笑的我，或許會難以想像：其實有時候，我也可以在上百個陌生人面前，若無其事地進行演說。

所以面對眾多詢問我個性的問題時，我總是會不斷思考：該選哪個我才好？真正的我，究竟是什麼樣子？所有的我努力保持著平衡，好不容易才能呈現出「我」這個人。

其中有兩個我落差最大。就是無法隨便拒絕的我，還有會對大部分不太行的東西說

「不」的我。在公司可以經常見到後面這個我。還是新人的時候，我的外號就是「好像不是這樣、這樣不對」。這是同組前輩為我取的綽號，究竟是做到什麼地步，才會讓新人時期的我擁有這種綽號？讓我可以繼續待在這間公司的，就是這個了不起的綽號。開會或不太能理解別人的意思時，我都會說「好像不是這樣、這樣不對……」；面對不太滿意的想法時，也會說「好像不是這樣、這樣不對……」。也就是說只要有一點點不懂，或有一點點不同意，我都會隨時隨地、毫無顧忌地說出這句話。明明是最不懂廣告的傢伙，卻這麼大膽。回顧過去，會發現那段時期我們這一組最「不該這樣」的存在，其實就是我。

有一天，前輩這樣捉弄我說：

「欸，我覺得妳以後也會這樣對妳婆婆。妳會對要求妳做事的婆婆說『媽，不該是這樣，這樣不對，媽也有兩隻手，我也有兩隻手……諸如此類』」聽完之後我想，如果我真的這樣該怎麼辦，但幸好結婚之後並沒有發生這種事。總之，我好像只會在公司把會說「不」的那個我叫出來。而且我覺得這是理所當然的，畢竟在公司，我們都是來做事的。就像我的組長說的：「這裡又不是什麼菜鳥足球俱樂部。」

但在親朋好友的聚會上，說「不」是很危險的。那一句話，可能會讓某人永遠離開妳身邊。當然，如果不對太過無禮、提出過份要求的人說「不」，先受不了的人很可能會是自己。所以我們需要學會適度忍讓，在適當時機說「不」的技巧。相對地，在公司如果不會說「不」，則會很危險。如果沒有人拒絕上司的指示，只是一味服從，就是公司已經在走下坡的徵兆。失去新穎想法的公司，也就不可能有未來。在會議室裡沒有人說「不」，也代表著員工們大多數已經放棄這份工作了。因為他們看著愈來愈糟糕的工作，心裡只會想著這和我一點關係都沒有。雖然我這麼辛苦地找到一個工作，並不是為了要說「不」，但總之，我是一個會持續說「不」的人。我並不是在對對方說不「不」，而是在對對方的意見說「不」。與其到外面去聽別人說「不」，不如組員之間先找出有沒有哪裡不對，這樣不是比較好嗎？畢竟這是我們的工作，這裡是我們的公司。

當然，我已經不會再用「好像不是這樣、這樣不對……」這種方式來說「不」了。無論我說的話再怎麼正確，那種說話方式只會傷害到對方的心，這點直到我進公司十年後才終於明白。很久以後，我才終於明白：即使不必那樣說話，也可以傳達出「不」的訊息，其實有其他更好的方法。像是會說「這樣也不錯，但會不會有這個問題啊？」或是連這種話也說不出口時，就會說「可是……這個……嗯……」，然後開始努力尋找能讓事情回歸正軌的方法。但這也並不代表我能很圓融熟練地拒絕別人，我知道自己還是會先表情一僵，然後才去說「不」。不過我很努力，努力讓自己更溫柔地說出不同的意見，努力讓自己以更開闊的心胸，去聽別人對我說「不」。

最近我在公司以外的地方，也在練習說「不」的方法。比起擔心「如果這樣說讓那個人心情不好怎麼辦」，我更會練習讓自己帶著「如果對方知道我沒有說自己不喜歡，硬是勉強自己做的話，他心情應該會更不好，還是老實說吧」的想法拒絕對方。比起過度在意他人目光，以「大家都答應，只有我缺席不好吧」的思維度日，我更會讓自己練習去想「這世界上就是有像我這種人，只要我覺得不舒服，那就是不舒服」，努力讓自己在乎自己的想法。比起成為每個人都喜歡的人，我更會練習去成為讓自己真正重視的幾個人，能認為自己不錯的人。反正，我就是在練習讓自己的人生往自己理想的方向前進。想要更珍惜自己的能量，把這些能量用在自己喜歡的地方，這也是一種為自己著想的練習。

雖然很緩慢，但我還是一點一滴地改變著。開始練習在日常生活中也不顧一切說「不」之後，我的生活變得比較俐落，心也更堅定了。最令人驚訝的是，沒有人會在意我的「不」。

「是喔？那下次見吧」、「其實我也覺得妳好像不會想要」、「好啊」，就這樣而已。所以我也在想，是不是要更大膽地拒絕。很快就要四十歲了，我希望生活能更以自己為主。畢竟怎樣才能好好保護自己，只有我自己最清楚。我想要慢慢地用更好的能量來填滿自己的人生。

取向的地圖

「你喜歡洗衣服嗎？」這個問題如果出現在知識家上面，我是不會給提問者點數的。因為有些人喜歡把衣服放到洗衣機裡洗、有人喜歡晾衣服、有人喜歡摺衣服，當然也會有人因為各自的理由討厭不同的過程。像我大學時真的很討厭晾衣服，但結婚之後反而成了很討厭摺衣服的人。有少數人一定要手洗衣服才覺得滿意。但也有像我這種人，光聽到手洗這兩個字就感到害怕。也有人一個禮拜就會煮一次白色衣服，乍聽之下或許會覺得不可思議，但這就是那些人洗衣服的偏好。所以「你喜歡洗衣服嗎？」這個問題，根本就不尊重不同的洗衣偏好。

打掃也是，有些人喜歡整理東西（像我）、有些人喜歡先用吸塵器（像我老公）、有些人會先擦家具上的灰塵（來我家幫忙吧），也有人一定要每天做這些事情（拜託快跟我聯絡），但也有人什麼都不做也無所謂。雖然我喜歡整理東西，但我覺得把東西放在固定的位置就叫「整理」，可是也有些人是覺得把東西收到看不見的地方才叫「整理」。

如果我們用相同的方式來看旅行呢？最近我跟一個認為「就像廣告有廣告專家一樣，旅行也有旅行專家，跟著專家事先安排好的計劃走，才是聰明選擇」的人接觸。很明顯地，他喜歡的旅行方式是跟團。我並不是想要表達什麼偏見，不過我們很容易認為跟團的反義詞就是自由行，但其實也有人即使是去自由行，還是會非常仔細地把每一天的行程排得都像跟團一樣。

我曾經遇過把要去的餐廳、要吃的料理、要在咖啡廳停留多久，全部都事先決定好才去旅行的人。相反地，也有一位朋友是只會先訂好抵達當地第一晚的住處，剩下的部分則只做最低限度的規劃。甚至有些人連第一天的住處都不訂，把一切交給命運之神。當然，也有一些強硬派是絕對沒辦法離開家一天。討厭旅行，也是算是旅行的偏好之一。這個時代充斥著對旅行的憧憬與讚賞，但我覺得不愛旅行也是必須尊重的偏好。

要說我對旅行的偏好，那就是除了旅行本身之外，我也非常享受規劃旅行的時光。沒有時間休假時，我也會把「下次要去哪裡旅行」這句話掛在嘴上，無聊時就會查一下機票。我喜歡隨時打開地圖APP，漫無目的地走進城市裡的小餐館。最近一次的旅行，是在出發前一年半就先決定好目的地，出發前十個月買好機票。我會配合隨時改變的心意，隨時變更旅行路線，最後我所規劃出來的行程路線超過十條。你會覺得我很奇怪嗎？就把我當成是有多喜歡旅行，就有多喜歡規劃行程的人好了。

告訴大家我喜歡規劃行程，結果每個人都以為我是那種會滴水不漏地網羅所有資訊，把所有行程都規劃到完美才行動的人。你可能很難相信，但以我的標準來看，規劃行程就是「要去哪個城市」、「要在那個城市停留多久」、「要住在哪裡」這樣而已。我會把大部分的時間花在訂房網站上，搜尋整個城市的房間，挑出品味喜好最適合我的屋主。在公司遇到超大壓力時，我也會打開訂房網站想像「住在這個房間不知道會怎樣」，用這種方式來抒發壓力，我就是那種會用空想來準備旅行的人。也因為這樣，所以我通常是抵達目的地、到住處放下行李之後，才會打開旅遊書來翻，然後才去決定要到什麼地方，這就是我的旅行偏好。

偏好其實並不只存在於洗衣服、打掃和旅行當中。殺時間的方法、休息的方法，甚至是在公司工作的方法，其實都取決於個人偏好。人們雖然都覺得我能夠上班上這麼久是件很神奇的事，但這其實也是個人偏好的問題。

都在這間公司待十四年了，怎麼可能沒有別的誘惑呢？待了這麼久，自然接過來自其他公司的挖角。像是有人說自己賺了多少多少錢，勸我也當個自由工作者；或是提出一筆高額的月薪當作條件，要我跳槽到別的公司，負責發想創意、寫廣告文案。

面對無數的誘惑，我一直非常猶豫。該怎麼辦？該怎麼做才好？煩惱了幾天之後，我突然察覺到，在做這個決定時最重要的因素其實是「我」。所以我以「自己對工作的偏好」為主，重新思考了一遍。

廣告文案撰稿人說這種話聽起來可能有點扯，但我喜歡的事情並不是創意發想和寫廣告文案。當然，這也不是我說討厭就能避免的事。這就是重點。所以我也只是為了有好表現而不斷用心而已。相對地，我可以說自己「喜歡」的事情像是開會、為在會議上產出的創意理出一個脈絡、好好把結論整理出來和人分享，並且擬定最合適的排程。冷靜檢視我這個人，會知道比起創意發想，我更喜歡執行。所以為了錢去選擇主要負責創意發想的工作，可以說是與我對工作的喜好背道而馳。

我是同時要和很多人「一起」做事「到最後」，才會覺得工作很「有趣」的人。而會尊重我對工作喜好的人就是我自己，因此我最後還是決定留在公司，因為這就是我的喜好。

就連選擇一件衣服，都屬於個人喜好的範疇。決定要如何生活，也屬於個人喜好。就像挑選衣服時會遵從自己的心意一樣，所有事都必須要配合自己的心意，這才是最重要的。除了自己之外，沒有別人能知道你嚮往什麼。所以，我們必須排除他人的目光、放下對不確定未來的擔憂，仔細聆聽自己的心聲之後，再做出最適合自己的選擇。

當然，這可能不夠完美，未來也可能會後悔。畢竟，心意不可能永遠不變。但是不確定的事情愈多愈會知道，能仰賴的、能讓自己最踏實的，還是只有自己而已。用個人的心之所向，來完成屬於自己的取向地圖，這樣我們才能夠更快抵達幸福的彼端。

好好愛自己的心吧，
因為這是我們獲得的珍貴獎項。

——托妮・莫里森《寵兒》

2

如果說嚮往某件事物的心意
就是個人喜好
那麼還有什麼能比愛情
更完整地表達個人喜好呢？

因為嘴角漂亮
因為眉眼和善
因為適合短褲
因為很聊得來
或者是
因為可以放心地沉默不開口
因為口味相似
因為玩笑很對彼此的味
因為連對方的失誤都覺得可愛
因為光是想到，就會忍不住微笑

我們為所有的愛情
所添加的每一個理由
最後其實都是同一個

因為你這個人
真的太符合我的喜好

愛我，還是他

我在一九八〇年出生，剛進大學時前輩對我說：「喂，現在的新生已經不是七〇年代生，而是八〇年代生的了，真是打擊太大了。」

整整一年之後，換我對剛入學的後輩說：「什麼？你是〇〇學級的？我是九九學級的耶！意思是說我們差了一個世紀嗎？這打擊真是太大了。」

過了十九年之後的現在，歲月給我的衝擊達到了極致。「你說什麼？二〇〇〇年出生的小孩今年要上大學了嗎？這是真的嗎？」

我在想，在二〇〇〇年出生的孩子要上大學時，談論一部二〇〇一年上映的電影，不知道究竟還有什麼意義。但既然都已經在這裡揭露自己的年齡跟學級了，那就繼續說下去好了。

二〇〇一年，當時一如既往地一頭陷入單戀的我，和剛開始暗戀前輩的朋友，一起到光化門去看了《春日離去》。電影的主角是一個愛情觀非常實際的女人，叫做恩洙，以及一個對愛情充滿著浪漫幻想的男人，叫做尚佑。他們看對了眼，恩洙向尚佑提議「要不要吃泡麵？」然後兩人就交往了，接著恩洙變了心，尚佑問她「妳的愛為什麼變了」。最後兩人分手，整部電影的劇情大概就是這樣。當然，如果說電影就只有這樣，那當時所有報章雜誌、各大網站，絕不可能被這部電影洗板。但沒有人把自己當成恩洙或是尚佑，針對劇情做激烈討論。當時所有人，都忙著將自己的戀愛經驗投射在這部電影裡，用個人經驗來詮釋電影劇情。

我和朋友也是。離開電影院之後，我們兩個一對上眼就開始笑。

「還問愛怎麼會變，怎麼這麼單純啊？」

「我們都知道愛情本來就是這樣啊！」

那天晚上我們把自己當成恩洙，一副很懂愛情的樣子，像是即使只是一夜情也願意嘗試般充滿著自信，像恩洙一樣很酷地各乾了一罐啤酒後各自回家，不過假扮女主角的遊戲就到此結束。隔天，我們陷入極度的憂鬱中，根本無法向單戀的男生告白的我，懂什麼狗屁愛情？電影裡被我們瞧不起的尚佑，至少還是跟心愛的女人談了場戀愛。我們的現實，卻只是像一灘爛泥的單戀。那位哥哥今天人在哪呢？為什麼沒有偶遇他呢？剛才為什麼要傳那種簡訊給我呢？該不會……不會吧。我們每天都藉著互相報告自己的單戀對象來殺時間，然後對話的結尾總是一樣：

「好難過……我們今天要見面嗎？」

「我去妳學校那邊找妳吧。」

那電影的破壞力確實相當令人畏懼。不過是一部電影，卻徹底將我們的日常生活擊垮，彷彿我們都化身電影裡的主角，正經歷一場離別似的。有一件事我可以肯定地說：我們不是恩洙，而是尚佑。是完全無法將「愛」和「現實」連結在一起的人，是會無止盡地重複問著「愛怎麼會變」，想要相信愛情永遠不變的人。不管怎樣，二十二歲的我就是這樣。

時間流逝，某天我和老公一起看了電影《愛我，還是他》。這部電影主要描述的，是結婚後過著平凡生活的女主角瑪格的故事。（以下內容含劇情）在無數電影與小說裡上演的情節，也發生在瑪格身上了。一個很有魅力的男人——丹尼爾出現在瑪格的日常生活裡。瑪格很糾結、很痛苦，但卻又無可奈何地被這個男人吸引，最後她決定和老公離婚，和丹尼爾在一起。一直到這裡，我都覺得劇本把主角的害怕及細膩的情感描寫得很好，認為這是一部不錯的電影。但後來的一個畫面，卻讓這部電影成了我心目中第二部《春日離去》。

那天，就是瑪格要離開她老公路的那天，他最後建議瑪格去洗個澡。當瑪格心不甘情不願地在那棟房子裡洗最後一次澡時，蓮蓬頭卻像往常一樣突然沒了熱水。

瑪格正準備告訴她老公，還是會洗澡洗到一半只剩下冷水，要他一定要記得修。但這次蓮蓬頭一噴出冷水，浴簾就被掀開，站在浴簾前面的不是別人，而是拿著空水杯的路。看到路的樣子，瑪格才終於注意到每天洗澡時都會噴出的冷水究竟是怎麼回事。

「是你做的嗎？」

「對。」

「每天都……」

「對，每天。」

「那蓮蓬頭呢？」

「沒有故障。」

路帶著悲傷的微笑，繼續說下去：

「我本來打算等我們老了之後，再告訴妳我每天都會做這件事，想要逗妳笑。」

我想這或許是世界上最深情的告白了。未來也不會有其他的告白能夠超越它。對著同一個人每天開一樣的玩笑，打算老了之後再坦承開這個玩笑的人是自己的這份愛情；光是想像那個人老了之後呵呵笑著的樣子，就能夠每天這樣堅持下去，憑藉著那份心意天天準備冷水的愛情。我承認瞬間的怦然心動是讓人墜入情網的開始；但一起累積的時間，卻讓人更深陷其中。每當出現任何一個只有兩人才懂的玩笑時，感覺就像是獲得一顆珍貴的寶石。當然，這些愛可能都不夠完美。今天愛情可能會出現這樣的缺口，明天又可能會在另一個部分有一些破損。有時候甚至會令人懷疑這真的是愛情嗎？但如果連這些都是屬於愛情的一部分呢？如果說那些缺口，能夠讓兩人的愛情更加獨特呢？

所以我大受衝擊。那個將拿著空杯子的男人拋到腦後，打包行李去找新對象的女主角，令我大受衝擊。她怎麼能夠裝做不記得那個水杯？怎麼能夠不接受那個水杯的告白？他是這麼真切地訴說自己的愛！當然，這也是我對愛情的喜好。從個人喜好的角度來看，我可以說是站在路那邊的。當然，我也不是不能理解瑪格跟丹尼爾。雖然有點太遲，但如今終於找到命中注定的另一半，面對這份強烈的悸動，實在沒有多少人能夠不為之傾倒。或許我們都在談著不同的戀愛，只是我或許會一直——即使在電影結束之後，也會一直擔心路。瑪格離開之後，路真的沒事嗎？我只希望路能夠再遇到另一個人，讓他可以再開始這樣的玩笑，讓他那個長久的玩笑能夠成功，請務必要讓他跟那個人相守到老。

在懸鈴木樹蔭下一跛一跛地享受著長長的散步，因為一次的側目而開啟了對話。只要一個單字就夠了。小二仙草，他說。馬丁尼！她說。這個老掉牙的笑話，讓兩個人的生活變得充實有趣。響亮的笑聲、美麗的回聲。

——勞倫・格洛夫《命運與憤怒》

你會好奇比較偏向尚佑跟路的我，究竟是和怎樣的男人結婚嗎？有一次，老公這樣對我說：

「愛情是花一輩子去了解一個人的過程。」

這句話，就代表了這個人對愛的價值觀。「一個人」、「一輩子」、「了解」、「過程」。我可以不必一一說明這些單字的意義，總之，我就是跟說了這句話的人結婚。炫耀就到此為止吧。

無法對話論者的誕生

「你想想，我跟你是不同的人，也就是說你和我使用的語言不一樣。你說『媽媽』的時候，是想著你的媽媽。但我說『媽媽』的時候，是想著我的媽媽。你的媽媽和我的媽媽，完全不一樣對吧？我們在說『媽媽』的時候，其實是在說完全不一樣的事情，所以我們是不可能對話的。」

你想知道是誰說出這番話嗎？講出來有點不好意思，說這番話的人就是我。說得更清楚一點，這其實不是現在的我，而是二十歲出頭的我。

這很像是什麼了不起的發現。雖然很認真地想在哲學課上找找看有沒有人跟我一樣，可惜的是沒有。我拍了自己的額頭。笛卡爾、康特這些知名哲學家，居然沒有發現這麼重要的事情！雖然我也曾想過「或許在我不知道的哲學家中，有人也是這麼主張的」，但我沒有能力找出證據。所以我擅自下定決心，要成為這套哲學的創始人！首先是不是該來寫篇論文？但我能寫論文這種東西嗎？從來沒寫過，又沒有能力寫……於是我急忙決定問問朋友，畢竟那位朋友一直都比我聰明。

朋友一聽就說：

「我覺得這是一種剝削。」

「剝削？」

「我說『媽媽』這個字時，其實含有百分之七十母親的意思，但你卻只接受了百分之三十『母親』的意思，這就表示你剝削了我這個單字。」

朋友比我更棋高一著。他同意我那不可能對話的主張，同時也提出了「剝削」的理論。居然說得出剝削！如果是個大學生，至少要有這種程度啊。

我收緊了抱著書本的雙手。各位看到了嗎？高中時傻里傻氣的我，已經成為帥氣十足的大學生啦！我的滿足感衝破天際，這就是大學生活的滋味，這就是大學生之間的對話，你們說對吧？果然，跟那位朋友就是能說得通。等等，說得通？我不是說無法對話嗎？我不是一直把無法對話這件事掛在嘴上嗎？

想透過不可能進行對話的狗屁哲學說服他人的同時，我真的不知道自己到底哪裡不對勁。難道到了大學二年級，我才得了中二病嗎？就像個認為整個世界只繞著自己打轉的中二病患者一樣，我開始探索自己的周遭，開始尋找無法對話的證據。

那是個乍暖還寒的春夜，我在租屋處前的巷子裡散步，偶然聽見一對夫妻的對話。妻子扣好羽絨衣，對先生這麼說：

「天啊，怎麼這麼冷。」

先生連看都沒看妻子一眼，就直接回答說：

「對啊，春天的風就是這樣。」

天啊，這到底是什麼對話啊？妻子的話跟先生的話，完全風馬牛不相及。她問為什麼這麼冷，他卻回答「因為春天的風」。

這是什麼回答？至少也回答個乍暖還寒，或是三寒四暖嘛，這位大叔！課本上都有寫！不然就乾脆不要回答。我帶著失望的眼神看著那對夫妻，認為妻子也和我一樣以失望的眼神看著她的先生。但妻子點了點頭，像是認同先生說的話一樣，什麼也沒說地加快了腳步。

無法對話的證據還不只有這樣，證據到處都是！尤其在情侶之間更多。像是：

「我現在說的不是那個意思！」

「那不然是什麼意思？你說啊，嗯？說說看啊！」

或是：

「你到底在想什麼，為什麼會跟我說那種話？」

「唉唷，我就說不要說了啊。」

最後的結論就是：「分手吧。」

「你怎麼能說這種話？」

就像這樣，人類漫長的戀愛史當中，充斥著各種無法對話的證據。

啊，這令人心寒的世界！還相信人類之間可以對話的可憐眾生啊！我遲早會發表這偉大的思想，震驚整個世界的！這樣的理論，能拯救這個地球上所有因為彼此使用的愛的語言不同，而不斷爭吵的情侶。只要了解我們之間的對話根本無法成立，那麼世界上大部分的爭吵就不會發生。我們開始對話後，卻不斷各說各話，最後引發無數激烈的爭吵。但只要學習我的思想，這所有的爭吵就根本不會開始。嘖嘖，太棒了。但想用這偉大思想為人類帶來和平的我，計劃只能暫時延宕。因為我遇到比人類的和平更重要的事情，那就是找工作。

事情並不如想像中那麼順利，雖然我想一直闡述關於「我」的事情，但沒有任何一間公司願意聽我的故事。我必須每天修改自我介紹，有些公司要我用兩千字介紹自己，有些公司又要我用兩百字介紹。無論是跟男友分手的日子，還是沒有應徵上理想公司的日子，我都不斷地重寫自我介紹。我啊，我這個人啊，在大學四年當中是這麼認真地讀書、學了英文，我是一個高度關注世事的人。雖然嘗試跟超過五十間公司對話，但卻沒有人對我有興趣。不管怎麼做都失敗，我經常哭，經常吐。但某天，有一間公司終於願意聽我的故事。我就這樣，突然地成了廣告文案撰稿人，就在我距離懸崖僅僅一步之遙的時候。

最後我成了證明我那狗屁哲學矛盾之處的人，因為要說無法對話論者絕對不能從事的唯一職業，那就是廣告文案撰稿人。既然相信人類無法進行對話，那到底為什麼要寫文案，又為什麼要做廣告？相信人們會聽不懂我說的話，那又到底為什麼要靠廣告來混飯吃？所以，二十歲出頭的我到底在想什麼？

即使沒有遇見給我驚人啟發的老師、沒有遇見一本偉大的書，但有時候時間就是最了不起的導師。二十多歲的我稚嫩的領悟，以及當時稚嫩的我能夠公開說出自己主張的勇氣，或許都是時間教會我的。

三十九歲的早安

我訂了羅馬郊外的住宿。不，是只能訂羅馬郊外的住宿。因為即使是淡季，羅馬一年到頭都有大把觀光客，市中心的住宿貴得讓人不知所措。於是我把焦點轉到郊外，反而找到了便宜又優質的住宿。不過條件是：每天早上得走很長一段路到觀光景點。所以早上出門後，我們會走進公車站正後方的咖啡廳。買車票、喝杯咖啡，培養一下旅行的心情。公車票一張1．5歐元，咖啡一杯0．8歐元。這個咖啡的價格，真的會讓人覺得不喝是一大損失。

走進咖啡廳之後，我們向左手邊櫃檯的奶奶比手畫腳，買了兩張公車票和兩杯咖啡。現在，只要把咖啡的收據交給在吧檯的咖啡師就好了。那是旅行開始的剎那，雖然有點緊張，但我也努力假裝鎮定，將收據遞給咖啡師大叔。收據上明白地寫著兩杯義式濃縮咖啡，所以我不需要多說什麼。但咖啡師大叔想的和我不一樣，非常不一樣。大叔完全不看我遞出去的收據，反而先看著我的眼睛，然後他說：

「Boun giorno.（早安。）」

大叔等著我的回答。用一副如果不回答，那就連一滴咖啡都不打算給我喝的氣勢。

沒想到會被問候的我，帶著無法隱藏的慌張神情開口：

「早……早安。」

這時候大叔的表情才變得比較開朗。正當我鬆了口氣，想說好不容易通過一個關卡的瞬間，大叔又再度對我開口：

「Due cafe ？」

在毫無防備的狀態再度被義大利文攻擊，我腦袋瞬間一片空白。我以茫然的表情望著大叔，大叔才伸出兩根手指再說一次：

「Due cafe ？（兩杯咖啡？）」

這時我才聽懂，簡短地回答他「Si（對）」，咖啡很快就好了，大叔也開始去招呼別的客人。但我愈來愈覺得丟臉。大叔給了我咖啡，也教了我待人處事之道。凡事都要先問候，畢竟我現在又不是在投自動販賣機。我是人啊！你想喝我的咖啡，那就要先跟我打招呼。而不只是把收據遞過來而已。我們是兩個人在接觸，說句早安，這不困難吧？

快速灌下一杯咖啡離開時，我又再次遇到大叔，這次我先開口了：「Grazie.（謝謝。）」，大叔則簡單地回答我：「Prego.（不客氣。）」。這樣一句話，就讓我有好不容易扳回一成的感覺。公車很快就來了，坐在位置上觀察上下車的人很快就膩了，於是我的思緒自然而然飄回很久以前，清晨搭乘巴士時所見的風景。那是在法國鄉下的小村落，盧爾馬蘭發生的事情。

尚未破曉的週一清晨，魯爾馬蘭的公車站卻人馬雜沓。車子排成一列，年紀大約國、高中的孩子一個個下車。一開始我還在想怎麼回事，但仔細一看，發現他們可能是週末回家，週一又要回到學校宿舍的孩子。這裡原本就是鄉下，沒有學校也不是什麼奇怪的事。我跟這群宛如從電影裡跳出來般身材修長、外貌出眾的孩子們一起搭上車。因為到目的地還要兩個小時，所以我坐在後座準備著。地圖上看起來不是很遠，但為什麼要花兩個小時呢？我抱著些微的好奇心上路。

而我的疑問，很快就在下一個車站獲得解答。真的沒開多久，公車又停了。哎呀，每個站牌之間的距離差不多就是這樣吧？代表這是一臺很慢的公車，而且還有讓這臺公車行駛速度更慢的事情，那就是人們的問候。當每個車站有新乘客上車時，坐在公車裡的孩子就會一一從座位上起身，正當我想「他們是不是想要讓位」的時候，剛上車的孩子和從座位上起身的孩子行了貼面禮（碰觸雙頰問候彼此的行為）。跟一個人行完禮，再跟下一個人行禮，就這樣一直行禮、行禮、行禮。問題是，搭公車的人可不是只有一、兩個。最早搭上公車的人和自己認識的人行完貼面禮，就換第二個上車的人行禮。然後其他熟人就又會起立，繼續行禮、行禮、行禮。在所有人都行完禮之前，公車都開得很慢。哇，就是因為這樣，所以才會連在清晨也都開這麼慢嗎？起初我還覺得很神奇，但後來真的覺得很誇張，最後要下車時我不禁哈哈大笑。沒錯，問候有什麼不對的嗎？又有什麼理由，讓人可以不花時間在與人相遇時問候呢？在這個狀況當中感到焦躁的，就只有我一個人而已。我既沒有要去上學、更不是要上班，只是一個有大把時間的遊客，卻對時間最為敏感。居然因為小小的問候，在那裡緊張時間的流逝。

在兩個不同的城市、在不同的兩小時裡，我的情況卻微妙地相似。我似乎是把首爾的金歐澈，完整地帶到這兩個地方來了。因為很忙，所以省略了問候；因為很尷尬，所以就微微點個頭，不向對方表露真心，總是以木訥的表情示人。經常簡單說完重點就結束對話，如果有人靠近，自己就會主動後退一步。或許是因為太習慣這些了，所以還曾經被自己映照在地鐵車窗上頭的表情給嚇到。人們平時都是面對我這麼僵硬的表情嗎？這樣真的太沒禮貌了，但又不會因為這樣給別人帶來困擾，我試著自己合理化這一切。我只能這麼做。再怎麼說，在首爾的日常生活中，不會有「真心」出場的餘地。

但離開羅馬的那間咖啡廳之後，我的想法有些改變了。不，應該說是開始想要改變了。不是想用真心，而是想主動問候，可以讓對方擁有好心情的問候。不，應該說是可以讓我擁有好心情的問候。不過是問個好，到底有什麼困難的？搭社區巴士時跟司機說聲「你好」，如果司機回禮的話，那我的心情也會變好，實在沒有不問好的理由吧？而這樣的問候，也不可能不發自內心。我決定，既然和別人相遇，那只需要多拿出一公克的微笑和一公克的真心來打招呼就好。如今三十九歲的我，才終於像個剛開始學打招呼的兩歲孩子。你好。

我主修單戀

愛情也是有主修的。有些人主修光對上眼就墜入情網的一見鍾情，有些人主修心病。我也知道有些人主修離別、有些人主修腳踏兩條船或各種多劈。當然，也有人主修長跑多年的愛情，或是轉瞬即逝的戀愛。而我，主修的是單戀。

被從五歲就開始交男女朋友的現代小朋友聽到，可能會嗤之以鼻，但我這個主修是從小學三年級開始的。從那時開始一直到畢業，我都一直單戀同一個人。要喜歡那個人，其實一點都不困難。無論是男孩子，還是女孩子，大家都喜歡他。雖然大家都知道他是家境困難、寄宿在教會的轉學生，但他卻沒有因此受到挫折。別說是挫折了，他甚至還擔任班長和轉學生會會長。一開始我只是因為他被分配當我的夥伴而喜歡他，但後來就一直喜歡下去，直到畢業。後來我才知道，自己很擅長這種長時間的單戀。

搬家之後，我自己一個人去了其他地區的國中，單戀的對象自然也換了。畢竟，要繼續單戀不可能再見面的小學同學，並不是很容易的事。隔壁學校那個只知道名字的男學生，延續了我這長久的單戀，我在國中三年裡一直喜歡他。特別的是，我們在補習班經常碰到面。補習班的英文課、數學課都是和他一起上的。別誤會「一起」這句話，我的意思是在同一個教室裡「一起」。不幸的是，我從來沒有坐在他旁邊過。當然，也從來沒打過招呼。

再次見到他，是在大學的第一堂課上。沒錯，成了大學生之後，走進大學生涯第一堂課的教室，遇見了我國中三年一直單戀的對象。遇見？不，其實我光看他的後腦勺也能夠認出他來。甚至讓我有一種「高三時那麼認真的讀書，終於在這裡獲得回報」的感覺。教授說的話我一句也沒聽進去，只是在心裡一直想，不知道他有沒有認出我來？要不要試著跟他搭話？跟他搭了話他會認得我嗎？明明是絕對認不出來的，但我還是一直想該怎麼辦，最後就這樣下課了。後來我打電話給我媽。

「媽，我看到○○○了。」

「○○○？是妳國中時喜歡的那個男生嗎？你們上同一間大學喔？」

「對，剛才上第一堂課，發現他就坐在教裡。」

「跟他搭話啊。」

「不要，就算跟他搭話，他也不認得我吧。」

我完全無法主動跟他搭話，因為覺得他根本不可能認得我。我的單戀，就是徹頭徹尾的單戀。是完全不打招呼、不和對方視線交錯的單戀；是即使和對方視線交錯，表情也絲毫不會改變的愛；是即使心跳到快要爆炸了，臉上的肌肉也完全不會有所動靜的愛。那絕對不會被發現，為了絕對不要被發現，努力假裝冷靜的單戀。當時我覺得自己就應該這麼做。更正確地來說，是我不知道愛人的其他方法。最後，我依然沒有跟那個人打過一聲招呼。

只有每次在學校裡遇見時，我會獨自露出哀傷的微笑。

但我也不是從來沒談過戀愛。為單戀畫上休止符的時刻終究會到來，那是大學時的事情。當時我已經暗戀超過兩年的他，主動向我告白。我們兩人走在下著大雪的校園裡時，都沒有被他發現的那份心意；兩人每天見面一起讀書，也絲毫不曾表現出來這份感情，這樣的偽裝，就在他向我告白的時候瞬間被拆穿了。雖然這種情況很少見，但確實也是偶爾會遇到這樣的時候。

即使如此，我的主修依然沒變，依然是單戀。這樣不必為我的感情負責，很方便，也不需要考慮到對方的感受，一切都可以很平靜。後來有一位朋友，往這平靜的水面上丟了一顆鵝卵石，朋友命令我去參加聯誼，她說：

「從幾年前開始就一直想找個機會介紹這個人給妳認識，但因為太麻煩了，一直拖到現在。總之妳把電話給我，你們兩個就自己看著辦去聯絡吧，我覺得你們真的太配了。」

聯誼那天，從清晨就開始下起大雪。要在這種天氣，為了參加一個小小的聯誼，特地從龍仁花費將近兩個小時的時間，跑到弘大去嗎？雖然我的理智激烈反抗，但朋友那句「你們真的太配了」在我腦海中迴盪，所以我還是洗了頭、化了妝出門赴約。接著我在弘大一間很普通的義大利麵店，跟那個男生見面。

那個夜晚變得很長。我本來很擔心會很尷尬，但意外地我們很聊得來。聊一聊書、聊一聊出版社、聊一聊畫，然後再聊一聊酒，一點也不尷尬，就這樣一直說著自己喜歡的事物度過夜晚的時光。當我感覺「還滿聊得來的耶」時，他開口了，那是話題正要轉向梵谷的時候。「那幅畫啊，梵谷畫高更的椅子的那幅畫。看著那幅畫，我會有種梵谷真的很喜歡高更的感覺。因為太喜歡了而沒辦法畫他的臉，所以才會這樣吧。」

就是那一刻，通知理想對象就在眼前的鐘響了。噹噹噹，就是這個人！每當我說「很聊得來的人就是我的理想類型」時，公司的部長就會要我放棄，不斷警告我世界上沒有這種人，但終於！最後！好不容易！遇見了我的理想類型！我一定要把握住他！當然，還有一個問題，那就是我。我要把握住誰？我嗎？我真的可以嗎？我可是單戀的達人、單戀的聖職者、一輩子獻身給單戀耶！這真的有可能嗎？

隔天早上，我在公車裡一翻開書，就看到作家路易絲・林瑟（Louise Rinser）給我的忠告，她像命運一般地對我說：

三十歲以前的痛苦和擔憂，需要完全由自己來承擔，要勇於冒險。沒錯！要像一隻被拔毛的老虎一樣凶狠，否則就只是一隻無精打采的貓而已。

——路易絲．林瑟《生活之中》

我看著這段話想了好久，我總是站在名為愛情的湖邊，讚嘆著這座湖很美麗，但卻從不曾伸手去碰觸。彷彿只要用手碰觸一下，全身就會被渲染成藍色一樣。我就只是靜靜地站在湖邊，靜靜地看著湖中愉快的戀人們、靜靜地看著站在湖中的單戀對象。無論再怎麼想走進湖裡，依然站得遠遠地觀望，讓自己隨時可以逃跑。這樣逃跑之後，就可以保護自己不受任何一點傷。十分愚蠢，十分卑鄙。

不能再這麼安逸了！我需要冒險！正好，那個男生的生日快到了。也正好，組長說要加班。當時大家都跑去吃晚餐，但我卻跑去買了他的生日蛋糕。會議一直持續到深夜，當大家都為了整理會議內容而坐回位置上時，我對組長說我必須要下班，我聯誼的對象今天生日。

我去聯誼這件事、我決定積極追求那個男生這件事，以及有一個讓我想積極追求的男生這件事，完全在大家的意料之外。總之，完全沒料想到這些事的組員們，都紛紛嚇到張大了嘴。我把他們拋在腦後，離開了公司。我家在龍仁，他家在新村，公司在江南，我搭上計程車立刻前往新村，去找那個完全沒想到我會出現的人，還拿著一個蛋糕。

想知道後來怎麼樣了嗎？那一生一次的瘋狂舉動，加上這輩子都不覺得自己可能擁有的勇氣，以及豁出去的決勝心，最後當然成功了。單戀的歷史也到此結束，而我和他的故事，也超過了十二年。十二年前開始的對話，一直到現在仍在持續，沒有終點地一直發展下去。

雖然現在年近四十，但我依然相信：偶爾要像一隻老虎、偶爾要像隻貓，或者扮演一些什麼，才是生活最好的調劑。那樣陌生的自己，會讓我們走進連自己都意想不到的天地。在那個世界裡，會有意想不到的幸福在等待著我們。

戀愛的香菜

接受遇見我命中注定對象的聯誼，並不是因為我覺得寂寞，也不是因為我迫切地想戀愛。我雖然沒跟安排那場聯誼的朋友說，但這是因為他其實是戀愛的香菜。他就像是去吃米線時，一定會搭配的香菜一樣，為我安排了這場聯誼。聽不懂我到底在說什麼嗎？

因為孤單而去參加聯誼，對我來說是絕對不可能的事情，因為我是個離孤單很遠很遠的人。就算自己一個人待在家好幾天、晚上回家沒人點燈等我，我也不會覺得孤獨。別說是孤獨了，我甚至覺得這樣很舒適，我是在獨自一人的時光中獲得的能量來過生活的類型。但變成上班族之後，事情就有點不一樣了。物理上來說，我完全沒有感到孤單的時間。

從學生成為上班族，並不只是走進賺錢的世界而已。同時也要踏入由金錢所建構的、充斥著無數體驗的世界裡。從學校附近只要三千韓元的餐館，走進一萬兩千韓元的義大利麵店；從一千韓元的咖啡，改喝五千韓元的美式咖啡。開始吃一些以前不能吃的東西，開始看見一些以前看不見的東西，開始聽見一些以前不會聽見的事情。我所待的廣告產業，根本就是站在這些體驗的最前線。那些過去不曾瞭解過的所有體驗，以及時不時的聯誼，讓我沒時間感到孤單。每一瞬間，我的眼睛、耳朵、鼻子、嘴巴都很忙。其中嘴特別忙。

有一天，我接觸了一款可可含量百分之百的巧克力。我原本以為可可是巧克力的另一個名字，我對於這世界上竟然有一點都不甜，吃下去只讓人苦不堪言的百分之百巧克力這點感到震驚。而且它還很貴！「這麼苦，為什麼還有人要花這麼多錢買？大家到底是在吃什麼啊？」我很想老實地問我們組上的人，但我有點卑鄙。所以我也一副自己什麼都知道的樣子，靜靜地吃著這苦巧克力，但這真的是我無法理解的味道。

幾天之後，我又接觸了鯷魚。義大利麵裡加了用鹽巴醃漬的大塊歐洲鯷魚，讓全組的人為之瘋狂。我其實是這輩子只吃過鯷魚泡麵的人。離炒鯷魚、鯷魚湯這種東西很遠，也不會特別去接觸。但是！不知從什麼時候開始，只要到了發薪日那天，我就會去吃那加了歐洲鯷魚的義大利麵。有一次是酪梨，還有一次是泰式酸辣湯，還曾經看過巨大的橄欖，真的完全沒有感到孤獨的時間。

在這一切的相遇之中，最令我印象深刻的自然是香菜。香菜，是一種有肥皂味的蔬菜。喜歡的人和討厭的人，就像宗教信仰一樣壁壘分明。所以第一次到泰國旅行時，旅遊書上用超級粗的字體寫著：請務必把「ไม่ใส่ผักชี」這句話背下來，這句話的意思是「請不要加香菜」。如果沒把這句話說出口，就可能面臨一口都沒動就要把食物丟掉的窘境。二十歲出頭的我非常信奉書上所寫的任何事，所以就在完全不明所以的情況下，把「請不要加香菜」當成是神祕的咒語背下來後出發去旅行。

畢竟我的重要旅行，如果被「香菜」這聽也沒聽過、見也沒見過的蔬菜給毀掉，那可真是不得了。

但某天，我在公司附近的米線店，展開了我人生與香菜的初次相遇。次長先若無其事地說「麻煩給我一點香菜」，接著部長也說「麻煩多給我一點香菜」。我的腦袋裡一片混亂，香菜？那個香菜？「請不要加香菜」的那個香菜？會有肥皂味的草？我一直在煩惱到底要不要吃，最後次長問我：「歐澈，妳吃香菜嗎？」我說：「我從來沒吃過。」一說完，所有的人都很興奮，告訴我說討厭的人會很討厭，但喜歡的人會超級喜歡，我們真的很愛，妳拿一點去吃吃看，加在湯裡香味會完全不一樣，一下子說了一大堆的話。

正好這時米線上桌了，香菜也上桌了，香菜加在米線裡面。我雙眼一閉，舀起一匙來吃，一邊煩惱現在還來不來得及喊出「不要給我香菜」。結果發現，唉唷，這是我的菜。完全沒有什麼奇怪的味道，很香。我很努力想找出肥皂味，但實在找不到，就真的只是好吃。仔細一想，我實在沒有什麼不喜歡香菜的理由。畢竟我是一個非常喜歡強烈香味的人，加了很多香辛料的食物、高度熟成的起司、有苦味的蔬菜等等，都是我的愛好。那天之後，不知不覺間我也成了喜歡香菜的人。

就是這樣。我迅速走進過去的我所不認識的世界裡。為了尋找過去不認識的新滋味，刻意去找比較遠的餐廳；會關注以前不會看的類型電影，也認識了過去不知道的品牌的最新產品。喜歡的東西愈來愈多，討厭的東西自然也以等速增加。從好的角度來看，我的世界愈來愈開闊；但正確來說，是我的偏好愈來愈固定。老實說，我也開始有點瞧不起不認識這個花花世界的人。

但我也開始害怕，因為這不過是一至兩年內發生的事情。我希望成為一個擁有廣大愛好，同時也能放開心胸接受他人喜好的人；但如果成為一個心胸有點狹窄，會對他人喜好嗤之以鼻的人可怎麼辦才好？這樣下去，以後要是有人說他不喜歡吃香菜、有人吃了一口我喜歡的起司就吐掉、有人說我喜歡的品牌實在不怎麼樣，那我就會很快下結論，認為那個人和我不合，如果這一切成真該怎麼辦？如果這樣下去，我變成一個會把「怎麼都沒有一個適合我的人」這句話當口頭禪的人怎麼辦？我很擔心自己。

希望可以趁著我的心胸還很寬大時，盡快跟別人交往。既然我也開始喜歡香菜了，希望我可以成為一個對別人說「要不要吃吃看香菜？我原本也很害怕，但吃了之後發現很不錯」的人。希望找一個可以互相包容、一起創造共同愛好的人。雖然不孤單，但現在正是我覺得應該要找個人來交往的時期。巧的是，這個時候那位朋友提議要幫我安排聯誼；而在那場聯誼上，我也遇見了那個命中注定的男人。

然後呢？他跟我成了會到市場買一大把香菜回來吃的情侶，也成了會吃著充滿獨特氣味的起司、會刻意去找熟透了的魟魚來吃的夫妻。我們成了口味、愛好都變得很相似的畢生摯友。總之，這一切命運的起點，就是香菜。

加油，醬油

老公好像又抽中什麼演唱會了。他真的很勤勞。換成是我，會因為麻煩連點都不願意去點，怎麼可能還去參加什麼抽選。他以期待的目光問我願不願意跟他一起去，於是我回答他說好。他跟我說可能會有點辛苦，但我只覺得聽音樂而已有什麼好辛苦的，所以就回他沒問題。老公開始說明那是一個叫炭疽（Anthrax）的金屬樂團表演，他們在鞭擊金屬圈是排名前四大的樂團，炭疽是什麼東西、前四大的另外三個樂團又是什麼之類的，總之，我感覺自己很無知，就是什麼都不懂的狀態。雖然老公說會有點辛苦，但我想說既然很有名的話，那就去聽聽看。畢竟是音樂嘛，音樂哪有什麼辛不辛苦。

下班之後，我跟老公約在會場碰面。一看到排隊的人我立刻明白，這世界上真的有各式各樣不同喜好的人，沉浸在屬於他們自己的世界裡。喜好的世界和宇宙一樣，讓我覺得自己所認識的行星真的很小很小。我為了迎接不知名行星的巨星，穿著黑色的衣服、散發著黑色的氣息，靜靜地排著隊。不久之後，應該會有我所不知道的音樂來大力震撼我的腦袋、粗魯地嘶吼。老實說，這些觀眾的感覺和我平時看的表演不太一樣，讓我有點害怕。感覺就像是意外降落在一個陌生的行星一樣。

演出開始前，我去了一趟洗手間，又看到了另一幅陌生的景象，我真的是第一次在這種演出場地看到這樣的畫面。男廁前面有一整排穿著黑色T恤的男人在排隊。那女廁呢？只有我一個人，偌大的洗手間空無一人。居然有這麼安靜的女廁，而且還是在表演會場，真的是前所未有的經驗。我一邊洗手，一邊忍不住大笑出聲。哈哈，我今天真的來到一個很奇怪的地方，居然來到九成以上都是男人的表演會場。對了，這樂團叫什麼名字？我得再去問一下，怎麼說都來看表演了，應該要記住他們的名字，這點程度的禮貌我還是有的，就這樣吧。

不久之後，有很多長頭髮、蓄鬍、穿皮衣，總之就是穿著各種黑色衣服的人塞滿會場。強力的音樂響徹了整個會場。人們很激動、我老公很激動，樂團也展現自己老當益壯的一面，把現場的氣氛炒得更熱。在整個會場裡，只有我一個人很冷靜。一首歌結束之後，緊接著下一首歌開始，我實在分不出這之間的差異。猛烈的音樂聲完全不間斷，沒有一首我聽過的歌，實在很難專注在這些平時我自己也不會去找來聽的音樂上。

撐不下去的我，最後決定來做自己的事情。所以那天，我在會場裡真的有點忙。不算是在忙自己的事情，應該說我是在以國民的身份關心國家大事。崔順實的平板電腦被發現、朴槿惠前總統道歉，但疑點並未因此解開，又從這裡繼續發現了其他的事情，氣功大嬸出現、馬術比賽違規等，各種事件一一被報導出來，傳宗接代的笑話也被揭露，超越我平凡想像力的故事接二連三地出現，如果我是政治連續劇的編劇，應該會因為這個充滿想像力的故事感到挫折。

而且這不只是故事而已，是真實世界所發生的事情，要跟上整個事件的最新進度，不光是檢察官很忙，全體國民都很忙。那天晚上，另一條新的新聞又令我們目瞪口呆。我一直往來於網路新聞和推特之間，為新消息感到憤怒。在那吵鬧的演出會場裡，聽著那如爆炸般的音樂、熱情的呼喊。就這樣，我覺得突然有點不好意思。其實在這群認真表演的大叔面前，我一直在看新聞，這真的很沒有禮貌。對這顆陌生的行星來說，這也確實有失禮儀。我開始覺得即使是沒接觸過的音樂、陌生的旋律，也應該要聽聽看。專心聽聽看，或許我又會多出一個新的愛好。專心之後，我突然開始聽見歌詞了，而且聽得很清楚。加油，醬油。嗯？歌詞是這個嗎？我也很懷疑自己的耳朵。聲音壓得像地板那麼低，讓觀眾瘋狂呼喊的，就只是「加油醬油」嗎？也就是「醬油萬歲」？愈聽愈難以置信。而且整首歌裡面，一直不停重複「加油醬油」，即使我數十年來一直都在吃各種以醬油製作的食物，依然無法理解這些西方人對醬油的熱愛。

那首歌一結束，我以滿足的表情看著老公，用一副「快點稱讚我居然聽懂歌詞」的態度對他說：

「居然是『加油醬油』，歌詞也太可愛了吧？」

「嗯？」

「不是『加油醬油』嗎？」

「什麼東西？」

「那個主唱一直在唱啊，『機（ㄚ）油機（ㄤ）一（ㄡ）』這樣（括弧裡的是比較不清楚的聲音）。」

「哈哈哈哈哈哈哈哈，是『Antisocial』啦。」

居然！居然不是Fighting Soy Sauce，而是Antisocial（反社會的）！對啊，如果只是喊醬油萬歲，那也未免太悲壯了吧？怎麼可能把醬油萬歲唱成這麼慷慨激昂？我還認真想了一下，主唱大叔是整天吃一大堆醬油，但都沒有得什麼大病，所以才會愛醬油到這個地步嗎。急急忙忙地闖進這個和我不同喜好的行星裡，想假裝一副你們的喜好我都能理解的樣子，結果卻跌了個四腳朝天，什麼醬油萬歲啊！穿著印有骷髏頭的背心、不停地搖著頭，再加上熾熱的眼神，醬油太怪了啦。那天晚上，我又再一次學習到走進我完全不了解的行星時，必須尊重我所遇見的每一個人。（但回到家之後，老公又再聽了一次那首歌，然後認同我把「反社會（Antisocial）」聽成「加油，醬油（Fighting Soy

Sauce）」情有可原。這表示我真的沒有說謊，大家也聽聽看吧。超過四分鐘之後，就會突然把「反社會」聽成「加油醬油。」）

我們家有我不會去碰觸、也不會感到好奇，只專屬於我老公的領域，那是可以戰勝吸塵器噪音的搖滾世界。老公從高中開始就很愛聽，但我卻絲毫沒有興趣。所以在我們家，他總在我睡覺之後才開始享受自己的興趣。他會戴上耳機，自己一個人聽，說不定他也會自己一個人大吼大叫？我也不知道。不過早上起來，看到耳機和印有骷髏的CD放在客廳時，我就會想，他昨晚也自己一個人這麼激烈地聽音樂了呢。這個部分，我們並不會想要硬逼對方參與，無論是他還是我都一樣。總而言之，我們每個人還是需要屬於自己的星球。不需要他人的理解，只是因為我喜歡就足以說明一切的星球。待在那個星球上，我們每個人都是安全的。

不卑躬屈膝，不落魄潦倒

說起來太容易了。「果然還是韓國的空服員最好了，又漂亮又親切」，真的沒辦法否認。每個人都擁有如陶瓷般明亮無瑕的肌膚、一絲不苟的頭髮、穿著平整的裙子。空服員們送餐的時候會彎下腰來，收拾餐盤的時候會特地蹲在座位邊；要把行李放到頭上的行李架時，雙手會朝上伸直。萬一要是出了什麼事故，能夠拯救我們生命的這些人，卻穿著世界上最不方便的衣服。十三小時的航程結束之前，她們都要維持一慣的妝容、服裝和微笑。無論奇怪的乘客提出再怎樣過分的要求，她們都只能笑臉應對。整趟航程要泡好幾次泡麵、還要準備好幾包夏威夷堅果。畢竟，這就是服務。從公司到乘客，都認為這就是服務。

我們很常聽到店員說：「您點的咖啡已經做好了。」這句話明明就是錯的，居然對物品使用敬語！但仔細想想為什麼會開始有這種錯誤的用法，就實在沒辦法苛責說出這句話的人。因為服務就是要誇張，對客人來說，再怎麼誇張的服務都不夠。因為我們現在活在一個不提供這種服務，就很可能會被丟水瓶的時代；比起被水瓶丟，還是對咖啡用敬語比較好。

這就是養出奧客的奇特服務業文化。而熟悉這種服務的人們，也自然而然習慣各種自以為是。服務業從業人員為了不讓自己被欺負，所以會防禦性地、習慣性地提供過度誇張的服務，這究竟是從哪裡開始的呢？

那是我去葡萄牙埃武拉時的事情，離開那間飯店之前，我很認真地對老公說：

「親愛的，我覺得我們應該再來這間飯店。我想來這裡住一個月，寫一本關於這間飯店的書，不過我也在想不知道一個月夠不夠。」

我是認真的。即使要花一個月，我也想要真正了解這間飯店。我想知道究竟這間飯店發生了什麼事，才會讓員工們提供這樣的服務。這裡的員工總共只有九人。三人一組，進行三班制的輪替。職員並不需要另外穿著規定的服裝，就只是穿著每個人自己的衣服。所以如果職員坐在大廳裡，那便完全無法區分客人與員工的差異。但其實沒必要擔心這件事，因為只要你表現出需要幫助的樣子，很快就會有人立刻來到你身邊，問你說「需要幫忙嗎？」而那個人就是這裡的職員。職員就像一個很有能力的朋友，一一幫你解決大小事務，讓因為旅行而感到緊張的人放鬆下來。更驚人的是，他們神通廣大到，知道什麼時候該離開客人身邊。他們提供很優質的服務，然後也在適當的時機讓客人有時間獨處。完全不會讓人感到不適，也不會讓人感到過度禮遇。一切都如行雲流水般自然，在一定的限度內不會讓人感到任何不適，而這究竟是怎麼做到的，也變成我非常想要解開的謎題之一。

離開埃武拉的前一晚，我們前往飯店推薦的餐廳用餐。但那間餐廳卻大門深鎖，無可奈何之下只好回到飯店，請飯店推薦我們另一間餐廳。（當時我還不會用智慧型手機，也還不會使用地圖ＡＰＰ之類的東西。）結果一位可愛又活潑的職員，打了通電話給那間餐廳。就如我們所說的，那間餐廳沒有營業，當然也沒有接電話。她的神色變得比我們更焦慮。她左手撥打那間餐廳的電話，右手則指著飯店推薦名單上的其他餐廳開始對我們說明：

「這裡也不錯，但有點貴，建議可以跳過開胃菜只點一道主菜。這裡是我喜歡的餐廳，不過你們抽菸嗎？這裡都是吸菸座，那……啊！這間餐廳的肉類料理很好吃，尤其是……啊，對了，你們想吃海鮮對吧？」

她熱心的程度，讓我覺得這似乎就像她自己的事情一樣。彷彿讓我吃到一頓美味晚餐，就是她畢生的職責。她帶著緊張的神情打給幾間餐廳之後對我們說：「我再打一次電話給原本推薦你們去的那間餐廳，再怎麼想，我都覺得那裡的湯最適合現在的你們。」

那一刻，或許是上帝聽到了她的迫切，電話終於接通了。她開心地跳了起來，立刻用我們的名字訂了位，還仔細告訴我們該點那些餐點。而那天的晚餐，就成了我們在葡萄牙旅行的過程中，最美味的一頓飯。

那道用新鮮有彈性的魚肉、蝦子、米、番茄與香菜熬煮出來，份量十足的海鮮湯，讓我和老公失去了理智。能夠拯救靈魂的料理，竟然就在葡萄牙的埃武拉！真的是不能不推薦。我們一邊結帳一邊說「這是在葡萄牙吃過最美味的料理」，老闆開心地像要跳了起來，立刻對廚房大喊：「這兩個人說，這是他們在葡萄牙吃過最美味的料理！」緊接著我們也聽到了廚房的歡呼聲。回到飯店後，剛才那個職員一邊和其他客人說話，一邊對我們投以好奇的表情。那個表情寫著，她很想知道自己推薦的是否真的適合我們。我用雙手大拇指對可愛的她比讚，然後把對餐廳老闆說過的那句話再對她說一次。她看起來非常幸福，接著便開始對好奇這兩個人到底吃了什麼，怎麼會看起來這麼開心的其他客人，介紹起推薦給我們的這間餐廳在哪裡、有什麼菜色。在那一刻，她變身成為那些客人的天使。在那間飯店裡，有從不假裝親切的天使在認真地工作著。

從那之後，我偶爾會想起埃武拉的那間旅館。尤其是當我遇到把「接待你是我的工作，我只是在做我的工作」掛在嘴上，阻止我把空咖啡杯拿到吧臺，要我回座位上坐好的店員時；尤其是當我接受不貶低自己，但同時也讓人感到賓至如歸的服務時，應該說是當我遇到不分高低，只是在人與人之間的關係取得適當平衡的瞬間時；或者是當我看到認為自己出錢就是老大，提出一些不合理要求的人時；當我經歷僅僅是收了錢，就必須鞠躬哈腰的情況時；當我懷念提供服務的人不需要卑躬屈膝，接受服務的人也不會感到有壓力，這樣才不會讓任何一個人感到悲慘的時候——每當遇到這些情況，我總會想起埃武拉的旅館。在地球上的某個角落，有一些不會因為提供服務而受傷的人正在努力著，一想到這件事，我就彷彿像在黑暗大海中看見燈塔的指引一樣欣慰。

就只是一杯酒

1

我和跟我同期進公司的同事一起吃了午餐。陽光很舒適、沒有懸浮微粒的侵擾、百花齊放，世界一片綠意盎然，那是春天。吃完了飯，我們像往常一樣準備去喝咖啡，後來卻突然改變了心意。我們坐在戶外的陽臺上，我點了一瓶冰的白酒。「午餐時間喝酒？」同事驚訝地說道，但很快也加入了喝白酒的行列。酒杯閃閃發亮，風徐徐吹來，心情彷彿飛了起來。沒多說什麼，我們只是並肩坐著喝酒，才沒喝幾口，同事的臉就開始紅了起來。

「姊，我現在真的、真的很幸福，真的很幸福。」

這是我之前去南法旅行時學到的技巧，但其實也不能稱作是技巧。在陽光普照的日子、坐在戶外，點一杯冰白酒。白酒的價格不必太過昂貴，也不需要喝很多杯。只要一杯平凡的白酒，就能展現魔法。這樣可以為以兩倍速，不，以三倍速，或許是用十倍速在奔跑的日常生活按下暫停。讓自己等一下，真的，讓自己稍等一下。接著我們會開始覺得，不久前還令人心煩意亂的那些事情，其實也都是些不太重要的事。真正重要的是這個春天、這片陽光、這道微風，是我多少變得比剛才更幸福。而我們正把幸福捧在手裡，一點一點地將那滋味送進嘴裡。我實在無法忘記同事品嘗到那幸福滋味的表情，就只是一杯酒。當然，一杯酒總是能夠讓人感動萬分。

2

公司有一位曾經找我一起離職的朋友。像口頭禪一樣，我們每天都在說要一起離職，一起去倫敦、巴黎。但最後我沒有辭職，而她則是很有勇氣地前往倫敦。去到那邊之後，她把部落格網址給我，說會把自己的事情更新在上頭。我想，她要正式開始經營部落格了，於是每天都到那部落格看一看。但她上傳的日記，就像倫敦的天氣一樣。陰天、風很大、下雨，盡是一些陰暗的日常。從來沒有獨立生活過的她，遠赴倫敦開始獨立生活，明顯遭受了很多痛苦。她也逐漸沉浸在這些痛苦之中，讓自己變成一個陰暗的人。

就在我每天都很擔心她該怎麼辦時，她最要好的朋友N出現在倫敦。感覺倫敦突然被刺眼的陽光所籠罩，那種愉快，就連身處首爾的我都能感同身受。N將她從黑暗中拉出來，放在陽光下曬乾，教會了她各種幸福的技巧之後才離開，而這技巧的重點，就是酒。

「要一天喝一杯啤酒。」

這位朋友天生就很老實，所以就開始照著這句話做。她開始每天晚上湊幾塊銅板，到社區的酒吧去喝酒。她開始在部落格上寫下她在那裡讀書、作畫的事情。就是從這個時候開始，她的文字開始變得比較陽光。她開始在倫敦市區內探險，會一直去造訪同一間博物館，開始無止盡地訴說一些美的事物。得知她終於開始體會幸福之後，我也鬆了一口氣。這一切改變的開始，就只是一杯酒。

3

那天晚上，我跟老公在社區市場旁邊的湯飯店吃晚餐。匡啷，門一開，一位頭髮燙得捲捲的大叔走了進來。到這邊都還是很常見的景象，但接下來發生的事情，真的讓我很懷疑自己的眼睛。

大叔打開在大門旁邊的冰箱門。他左手掏出不銹鋼杯，右手拿了一瓶燒酒。這間店原本就不大，所以只要再走兩步就會到廚房。而大叔就在老闆娘面前把燒酒打開，咕嘟咕嘟，半瓶燒酒就這麼倒進那個杯子，他一口氣喝光。而老闆娘的表情始終如一，只是把一塊生洋蔥塞到大叔面前。一口氣乾了半瓶燒酒的大叔，吃下那塊生洋蔥之後，掏出錢放在老闆娘面前，然後把剩下的半瓶燒酒放回冰箱裡，接著便離開。

即使親眼看到，我還是難以置信。整個過程一句話都沒說，沒有任何的誤差，絲毫沒有任何的尷尬、猶豫。無論是大叔的動作，還是老闆娘的動作，包括他們兩個的表情也是。而更讓我感到驚訝的是，這些事情從頭到尾還不到一分鐘。但我卻有種像看了一部舞蹈表演的感覺。像是花了很長時間構思完成，極度完美，沒有任何一個部分需要再多加修飾的一齣傑作。結束了所有的演出後，大叔回到自己的水果店去，老闆娘則是回到廚房裡。演出結束了，但觀眾的感動還沒結束。

那天晚上，我親眼目睹了僅僅是一杯酒，就能發揮多大的作用。一杯酒，就能解決所有的事情。哪裡需要什麼燒酒杯？有什麼杯子就用什麼杯子！怎麼會需要坐下來？而且，我們喝水的時候也不是每次都坐在椅子上喝啊。下酒菜？拜託，是在喝酒耶，又不是來吃東西的。幹嘛還要特別找時間啊，連一分鐘都不用，只是一杯酒而已，就只是一杯酒。省略那些麻煩的程序，只是要喝一杯酒而已。

專注在目標上，衝刺，結束。看吧，花不到一分鐘吧？

那時真的應該要起立鼓掌的，這真的讓我到現在都很惋惜。

4

「努力了好幾年，現在只要開紅酒，老婆也會加入我喝一杯的行列，感覺就像是已經為年老的生活做好了一項準備。」聽完前輩的話之後，我拍了自己的膝蓋一下。一杯酒就等於做好年老生活的準備，這說法真是太厲害了。而且也無庸置疑正確。晚上兩人對坐，一起喝杯小酒，享受一段聊聊今天發生了哪些事的時光，如果這不是為年老生活所做的準備，那什麼才是？如果遇到說「我們夫妻幾乎都不會聊天，無話可說」的人，我真的會想建議他們不如一起喝杯酒。因為平時不會坐下來聊天，所以就成了更無話可說的關係，也因此人就是必須要坐下來聊天，前面還要放一杯酒。就算不是酒，也可以放杯茶，總之就是需要面對面坐下來，然後說一些稀鬆平常的瑣事。雖然這些看起來稀鬆平常，但累積起來就會變成堅固的「我們」。「我們」一起享受的、我們一起經歷的痛苦。這樣就不會有機會累積誤會，更不會有累積對彼此的埋怨。要從我們面對面，聊聊今天的事情開始。

5

就只是一杯酒

為漫無目的地流逝的日常生活
按下停止鍵的力量
感受徐徐吹過的微風
沒能注意到的陽光
讓人靜靜坐在原地的力量
可以緩慢地融化冷硬的內心
也能在不知不覺間
緩和僵硬的關係
時而能給人帶來一些力量
時而是瞬間的喘息

時而又是一個巨大的氣孔
時而是爆發的幸福

這一切的開始
都只是因為一杯酒
就只是一杯酒

3

當閱讀到一段文字深得我心
描述我未曾去過的遙遠異國時
我會想像

當看到被無以名狀的陌生樂器吸引
最後決定買下機票
飛去買下那把樂器的朋友時
我會想像

無數的大師面對
「怎麼開始這份工作」的疑問時
會帶著微笑回答
「因為喜歡這份工作」
看著他們臉上的表情，我會想像

特定的喜好
真的會把我們帶到很遠的地方
抵達我們難以想像的土地
遇見我們從來不敢夢想的瞬間

成為一個不漂亮的組長

我被錄取了，被廣告公司錄取了，成為一位廣告文案撰稿人。帥氣、美麗、有創意，時而又像瘋子一樣，一群才華洋溢的人們聚集的公司，我這個菜鳥竟然有幸以新手廣告文案撰稿人的身分加入團隊，那已經是二〇〇五年的事了。

當時我的手一直很癢，想要隨便把名片遞給任何一個人。心癢難耐地想跟世界大聲說：「不好意思，你知道廣告文案撰稿人嗎？對，沒錯，我正從事這麼帥氣的職業，哈哈哈。」雖然辦公室的樣子和一般公司沒什麼差別，但「廣告文案撰稿人」這個職稱，聽起來還挺像回事的。

我決定離開住了四年，月租只要十二萬韓元的頂樓加蓋。既然開始賺錢了，從事的還是廣告文案撰稿人這麼厲害的職業，自然沒有理由不搬家。我也想去找間像樣的套房來住，便開始在公司附近找房子。這個社區白天是什麼樣子我不清楚，但一到了晚上就變了個樣。那是一個娛樂場所群聚的社區，很黑暗、很粗俗，幾乎沒有什麼人與人之間的交流。無論是上班還是下班，在路上遇見喝醉的人是家常便飯。這個社區雖然位在江南，但卻和連續劇中呈現的富裕江南有很大一段差距。

一個朋友說：

「欸，聽妳的經歷背景感覺很厲害啊，住在江南、在位於江南的廣告公司上班，二十多歲的廣告文案撰稿人，超厲害。」

但問題是，光聽這些形容詞所想像出來的外表，和我本人真的有一段差距。我每天只穿牛仔褲，或是穿著與流行搭不上邊的外套。雖然一方面也想我是不是該買點比較貴、比較拿得上檯面的衣服，但基本上來說，我對購物的慾望並不強烈。我就是那個既沒有錢，對流行也很遲鈍的人。但我的個性也不是說多麼獨特，我只能承認，我就是個沒什麼品味的人。

別人認為理所當然的事情，對我來說就是尷尬。我既不會為了表現自己的品味，在週五晚上跑去夜店玩，也不會在跟朋友見面時刻意準備名牌包；即使是要聯誼，也不會精心打扮，把自己弄得漂漂亮亮。這麼說來，即使頂著廣告文案撰稿人這個稱頭的職業光環，我的外表卻始終如一，所以那位朋友接下來說的這句話，我也不是不能理解：

「不過，聽到這些經歷背景時所想像出來的形象，和妳真的差了十萬八千里。」

「我知道，我都知道。」

有天，他到我公司附近來玩，我們經過公司前面時，偶然遇到同公司的廣告文案撰稿人。她有著長髮、運動雕塑出來的苗條身材、華麗的高跟鞋、好看的連身洋裝、有自信的步伐，跟那位同事打完招呼之後轉身，朋友問我：

「是誰啊？」

「我們公司的文案寫手。」

「好漂亮喔。」

「對吧？」

「歐澈，我想像的文案撰稿人就像那樣子，不是妳這個樣子。」

「沒錯，她真的很適合廣告文案撰稿人這個頭銜。」

比任何人都更了解我的朋友，搖了搖頭說：

「妳不能像她那樣打扮嗎？」

「嗯，不行。」

那番對話至今已經十二年，問題好像變得有點嚴重。我的外表依然和「廣告文案撰稿人」這個稱號一點都不搭軋，但卻從公司那裡獲得了「創意總監」的稱號。稍微解釋一下，其實就是我升職當組長了，但居然被冠上創意總監的職稱，這真的是我更難以駕馭的頭銜。該做什麼才好？該從什麼先開始做才好？我看著鏡子想，應該要做點什麼才對。首先，到網路購物商城去買幾件比較正式的衣服吧。以後會經常需要跟廣告主見面，實在沒辦法用平時的打扮去跟他們開會。

同公司的同事傳了簡訊給我：

「恭喜。這是妳原本就在做的事情，妳一定可以做得很好。」

工作內容是一回事，我想重點是我應該先減肥，這可不是適合創意總監的外表。我很怕掃他的興，所以也只是意興闌珊地隨便回覆幾句，什麼想法都沒有，一副這根本不算什麼的樣子，但後來卻收到另外超意外的回答：

「這種人很多啊，妳只要做妳自己就好。」收到這個回覆後，我在下班路上的地鐵站裡坐了好一陣子。有種當頭棒喝的感覺，我怎麼會先去在意外表呢？明明非常厭惡他人評論女性的外表，但為何我自己卻會評價自己的外表呢？十二年前的我、現在的我，為何在「廣告文案撰稿人」和「創意總監」這兩個陌生的頭銜面前，總是會先去考慮外表的事？我的腦袋愈來愈混亂。

如果我是男人，在面對「創意總監」這個稱謂的時候，是否也會先想起我的外表？會自己鞭策自己應該要快點來減肥嗎？人們會先用我的外表來評價我，要我好好打扮自己嗎？再怎麼想，都覺得答案應該「不是」。我的組長就像他自己所寫的文案一樣，身體力行實踐「牛仔褲和領帶是平等的」這句話。即使身處高位也穿著牛仔褲，有時候甚至會穿破壞加工的牛仔褲。但沒有人因為他的外表來評價他。和一般人的認知不同的打扮，通常都會被解釋成為「創意總監的個性」。那麼我會因為我是女人，就希望接受和男性創意總監不同標準的評價嗎？拿這個問題問任何一個人，每一個人都可能會搖頭。

那答案很清楚了。「我的外表適合當創意總監嗎？」這個問題，打從一開始就不必要。問題應該修改成這樣：「我想成為怎樣的創意總監？」羅列我理想中創意總監應具備的優點，我想最後一個應該會是「漂亮的組長」。那麼，我就必須為了實踐列在這一點前面的所有優點而努力才行。當一個合理的、有能力的、不讓大家加班的、有用的、溫柔的、有魅力的、很快做出決定的、負責任的組長。即使不當漂亮的組長，也還有很多我需要努力的條件。

既然想到這裡，我便產生前所未有的使命感。十二年來，使命感是距離我最遙遠的字眼，看見廣告業界這些充滿使命感的人，我總是努力告訴自己這裡只是公司，而我隨時都會辭職。面對「組長」這個稱呼，我居然會突然湧現使命感。

我決定讓大家看看，如何在保護私生活的同時，又兼顧職場生活。讓大家了解到，即使把休假都休完，也還是可以做出好的廣告。不發瘋、不拋棄一切，也可以從事廣告工作，我要盡力讓大家明白。我要讓後輩們知道，這個業界有這樣的前輩、有這樣的女性前輩存在。那天晚上，我用全身了解從不曾認為該屬於我的「使命感」，究竟所為何物。這樣寫下來，突然感覺有點不好意思，但那天晚上我是認真的。

當然，最近正在加班的組員們要是看到這段文字，可能會冷笑著說「不讓大家加班的組長？妳嗎？」然後每次要他們加班時，他們應該會一直用「不是說要成為不讓大家加班的組長嗎？」這句話來嘲諷我。但也沒辦法，只能一項一項完成了，現在才剛開始而已。

第二

1

曾經有段時間，我每四十八小時才下班一次。在成為廣告文案撰稿人之前，我曾有一年的時間在一間小電影公司上班。就像剛才說的，每四十八小時下班一次，週一早上上班，那天晚上熬夜不睡，星期二繼續穿著前一天穿過的衣服、坐在同一個位置上工作，然後超過晚上九點才終於下班。星期三上班，當然是星期四晚上才下班。完全沒有多餘的時間，去體驗所謂的週末生活究竟是什麼。看大家都願意把性命賭在週末上，我想應該週末應該是個美麗、優秀又幽默的存在，但我卻連迎接它的機會都沒有。我所能見到的，就只有工作、工作，除此之外還是工作。就這樣過了一個月，三個發表案同時結束，那是一個星期五晚上。我跟公司的人一起去喝酒，清晨回到家之後準備睡覺，我下定決心：明天是週末，我要玩到累。

瞬開眼發現，我那小小的閣樓一片漆黑。喔，我這麼晚才睡，居然清晨就醒來了嗎？我帶著興奮的心情打開手機，然後瞬間僵住。接著我關掉手機，又再打開來看。時間居然完全沒變，我完全不能理解，我重複開關手機好多次，怎麼會是星期日晚上九點？不是星期六晚上九點，也不是星期日早上九點，居然是星期日晚上九點？我就這樣沒開燈，呆呆地躺在那裡，然後突然坐起身來。我期待萬分的週末，竟然只剩下三個小時！沒吃到什麼美食，也沒跟朋友聊到天；沒有打掃家裡，沒看到任何一部電影，兩天就這樣飛了。我該做點什麼才行！於是我穿上衣服出門，走進錄影帶店。借了一部最新的電影。回到家後播了那部電影來看，沒看幾分鐘，我就又再次進入夢鄉。

睜開眼睛發現已經天亮了，是星期一。我一邊洗澡一邊大叫，然後再去上班。當時我二十五歲，覺得自己不能再過這種生活。大概就是從這時候開始，我又打開求職網站找工作。

2

第二間公司。上班第一天，組上的人都一到六點就消失了，我是第一次親眼目睹「六點準時下班」這個概念。我還呆呆地坐著，想說真的可以六點下班嗎，然後組長就說今天是我第一天上班，要請我喝酒，我們就這樣下班了。那天真的很尷尬，從來沒有六點下班的我，第一次擁有了六點以後的個人時間，但卻完全不知道該做什麼才好。

我想起很久以前，弟弟對我說過的話。那是高三時的事情。當時我一直把大考完後要瘋狂玩樂這件事掛在嘴上，弟弟斜躺在沙發上，看也不看我一眼地說：「姊，不會玩的人就算給他再多時間也不會玩。」弟弟真的是看穿了我。就像弟弟說的，大考結束隔天，我跟朋友一起去買漢堡吃、看了部電影，回到家之後就開始煩惱究竟該做什麼。因為沒事可做，覺得實在很尷尬。那之後過了七年，我這個人還是沒變。因為不知道該做什麼，所以下班之後就跑回之前的公司去玩。不知道是幸還是不幸，新公司旁邊的旁邊的旁邊的旁邊的旁邊，就是舊公司所在的大樓。我去玩了幾次之後，就不再繼續做這件事了。我不得不停止，因為去一、兩次他們還很歡迎，但像我這樣的人出現，只是會給人帶來困擾而已，畢竟那裡現在還是塞滿了以四十八小時為周期在生活的人。

無論如何，我都得適應新的職場生活。於是我開始靜靜觀察每個人。真是神奇。大家不是因為沒事所以六點下班，而是明明工作很多，但只要到了六點就會下班。從組長到實習生都一樣。真的好奇怪。明明今天一整天都在開會，為了想出明天會議上要提出的想法，應該要加班才對吧？廣告公司不都這樣嗎？但這組的人卻一到六點就休息了，更神奇的是，在把加班當家常便飯的廣告公司，因為有一個組非常遵守六點準時下班的規律，所以跟我們一起工作的企劃組、製作組、導演組也都配合這個模式。早上很早來開會，為了在六點以前讓工作告一段落，大家都忙得不可開交，完全沒有人對此有任何意見。我身在其中，透過工作自然地領悟，廣告是第二順位，過好自己的生活才是最優先的事情。

3

我被調組了。組長換了，前輩也換了，新的組長是一位不會在六點下班的人。就連我還是新人時，也曾經因為六點下班，而被當時還是隔壁組組長的他叫去罵過，他問我為什麼六點就下班。但他居然變成我的新組長了！而且新的前輩也是對廣告很有熱情，會完全燃燒自己的那種類型。我則因為對新環境的恐懼感到筋疲力盡。真是沒辦法，我只能一邊配合新組別的工作步調，一邊融入自己的工作方式。「我可以先回去嗎？」「這個明天交就可以了吧？」「組長，我今天晚上有事……」我就這麼慢慢地適應了新的組別，這個組也適應了我。

某一天，對廣告很有熱情的那位前輩邀我喝酒。我還在想他會不會喝酒時也一直聊廣告的事，果不其然，就和我想的一樣。聊到一半，前輩問我：

「對妳來說廣告是什麼？」

什麼啊，怎麼直接進入正題？但既然前輩問了，我也就仔細地想了一下。廣告很有趣，經常讓我感覺從事這份工作真是太好了。很適合我，我想要表現得很好，如果能做出好成果會讓我很開心，但我不想要四十八小時都把時間投資在這上面。我最先想到的是：無論做什麼工作都不能這樣，我想透過這份工作，好好地過生活。所以我回答：

「希望廣告可以是讓我的人生變得更加出色的手段。」

本來擔心「手段」這個字眼，可能會讓前輩感到不快，

但幸好並沒有發生這種事。反而是把這句話說出口之後，我的想法更加明確。或許對某些人來說，工作是人生的目的，但對我來說，我希望工作是能幫助我、讓我能夠過上理想生活的手段。但這並不單純意味著工作只是為了賺錢。而將這份工作變成「出色的手段」這件事情，完全取決於我。

4

我變成組長了。組長們必須輪流寫一篇文章刊登在社報上，這次正好輪到我。煩惱著該寫什麼才好時，突然想起很久以前我曾說過的話。這是想對公司的人所說的話，但同時也是想對成為組長的自己說的話，希望自己能夠銘記在心。成為組長之後也不要改變。我一字一句地寫下來：

「廣告是第二順位」，這是當時一個莽撞的新員工所說的話。職場上司都列席的酒席上，豪氣干雲地說出：「廣告是第二順位」。

要把有強大力量的廣告放在第二順位，先去吃一頓溫柔的晚餐、先去享受一趟小小的旅行、先去赴家人的約。要為了那些雖然微小但卻重要、雖然瑣碎但卻珍貴的事情，把心中的第一順位給空下來。

因為廣告具備很強大的力量，因為廣告戴上了我們不能暫時把注意力移開的面具、穿上了競爭發表的外衣，理所當然地佔據了日常生活的第一順位。為了過好生活才開始廣告這份工作，最後卻讓我因此過得不好，那豈不是本末倒置了嗎？

十三年前的那個新人，現在成了創意總監，在社報上寫下當時的決心：「廣告是第二順位。」

我們是為了要過好生活，所以才做廣告的，唯有過得好，我們才能夠做出好的廣告。

我想，這段文字中的「廣告」，也可以替換為其他的東西。「廣告」即使換成任何一種「工作」，我的想法也不會改變。工作的力量很強大。我們戰戰兢兢地過著生活，但不知不覺間，工作卻佔據了日常生活中最重要的位置，對我們露出討人厭的笑容。

「這很急，今天真的要早走嗎？」「這個案子真的很重要，休假不能延後嗎？」這些話充斥我們的日常生活。再加上自己想要把工作做好的野心，和這次非有好表現不可的壓迫感。面對這一切，幾乎不可能一直主張自己要擁有個人生活。但也因此，我們要更常對自己說：廣告是第二順位。當然，這其實也都只是我個人的價值觀而已。對我來說，工作的自己固然重要，但此外的我更加的迫切。

5

最近，我讀了一篇法國鄉下一間麵包店面臨罰款的新聞。因為在大家都休息的假日，那間麵包店卻不休息繼續營業，所以吃上罰款。居然假日也不休息繼續工作！這是違法的！法國勞動部很強硬地說。在二十四小時便利商店遍布街頭巷尾、隨處可見二十四小時餐廳的韓國，讀到這篇報導真是令人感到陌生，但確實是很令人羨慕。我想起朋友曾經告訴我，他遇見一位西班牙消防隊員的事情。據說他們只要連續二十四小時工作，就要休息三天。所以調換一下上班日，獲得連續十天休假並不是什麼困難的事情。

但這裡不是西班牙，更不是工作反而會吃上罰款的法國，所以我們還是得在這塊土地上找出合適的解答。我賴以生存的工作以及我的人生，必須要取得平衡。無論是以四倍速工作，還是早上七點出門寫文案，每個人都用各自的方法在完成工作。剩下的時間就不需要看別人的臉色，完全屬於個人。當然，過程中還是會有很多障礙。倚老賣老的組長、頑固的工作、無能的同事到處都是。所以，我們必須堅定自己的決心。自己的時間，要由自己來保護；自己的休假，要掌握在自己的手上。畢竟除了我之外，沒有人能夠保障我擁有這些時間，所以必須由我自己來保護。

6

妳不是在廣告公司上班嗎？這樣應該經常加班吧？那妳什麼時候寫作呢？什麼時候要把文章出版成冊呢？不會覺得很累嗎？有時間去旅行嗎？看妳的書，覺得妳好像每次旅行都去很久，可以這樣嗎？聽說妳有在做陶藝？那又是用什麼時間去的？妳真的好勤勞喔，妳不是說妳在廣告公司上班嗎？

這是最近這幾年，我經常收到的問題。本來想回答這些問題，結果不知不覺寫得太長了。要把工作變成讓我的人生更出色的手段，這一點我至今仍持續努力中。這是我喜歡的事情，也是我想做好的事情，是我非常想做好的事情。我也正在不斷努力，讓人生完全屬於自己。雖然不容易，但也只能繼續嘗試，因為人生是不斷前進的。

連一點點都覺得可惜

我有個話特別少、不怎麼開朗的朋友，也是動不動就邀我一起單身到永遠的朋友，她背叛了我們的約定，開始談戀愛了。那是大學時的事情。

「我交男友了。」

「咦？什麼？妳說什麼？妳嗎？妳有男友了？這是什麼意思？」

「哪天見個面吧，我介紹你們認識。」

「喂，妳怎麼會談戀愛？這像話嗎？」

「呵呵呵，我也覺得很怪，我居然會談戀愛。」

我沒有花太多時間，就發現朋友其實並不是在說謊。因為她勾著男友的手出現在我面前。我的朋友談戀愛了！而且男友還是上班族！對當時還是大學生的我來說，上班族看起來就像不同級別的人。有在賺錢，穿著西裝，哇，這個人真的是大人耶。我一直在心裡哇、哇地喊著，一邊讓朋友的男友請吃飯、請喝咖啡，一邊跟他們聊天，話題很自然地導向公司。聊過各種話題之後，我突然想起自己最近的煩惱，於是就開口問：

「但開始上班之後，不是會有很多怪人嗎？」

「哎呀，什麼樣的人都有，真的，就算是我待的這間小公司也是一樣。」

「那如果遇到非常非常討厭的人，該怎麼辦？」

「嗯……無視他就好了，為什麼要特別去在乎討厭的人呢？」

長時間困擾我的煩惱，瞬間就獲得了解答。當時我確信，朋友真的遇到了一個好人。但事與願違，不久之前他們分手了。不知怎麼地就分手了。

我是個喜好分明的人，能讓我喜歡的人其實並不多，所以幼稚園時我只有一個朋友，小學也只有一個朋友。國中、高中，甚至是讀了大學之後，狀況也都沒有好轉。甚至大學三年級時，還曾經遇過一個禮拜前才加入我們系的人，說要介紹系上同學給我認識。雖然外表完全看不出來，但其實我有嚴重的對人恐懼症。

這樣的我，光是想到公司這個環境就覺得可怕，因為我無法選擇想要共事的人。要從早上九點到晚上六點，一直和我不喜歡的人待在一起，要跟那樣的人工作、開會、出差。最糟的情況，就是我必須在討厭的人面前面帶笑容。如果一個不注意，我的職場生活可能會驚滔駭浪，所以實在沒有別的選擇。對人的喜好偏頗又狹隘的我，光是想像公司這個地方，就覺得恐怖至極。但一個超乎我想像的人，給了我超乎想像的回答。他說為什麼要去在乎討厭的人。面對那種人，就連「討厭你」這樣的想法都太奢侈。仔細想想，他說得沒錯，光是把心分給喜歡的人都已經不夠了，何必把我寶貴的心分給連十塊錢都不想給他的人？這根本就不應該發生。

但人生在世，事情不可能這麼單純。進到公司之後會發現，討厭的人真的多如牛毛。有人對底下的人歇斯底里，對上面的人則變成溫馴的羊群；有竭盡全力，想把好成果完全攬在自己身上的人；也有即使只是一件小事，但只要不抱怨就會受不了，所以有一半以上的對話中都充斥著抱怨的人；有一直辱罵別人的人；有一天到晚犯錯的人；有可以毫不在乎地犯下極大失誤的人；有無禮的人；有對比自己年紀小的人更加無禮的人；有會在奇怪的點生氣的人；有能力不佳而讓人難以忍受的人；也有能力不佳但卻很固執，讓人更受不了的人。或許你身邊也有一大堆這樣的人，要找討厭的人，真的是怎麼找也找不完。

更讓人絕望的是，這樣的人反而位置愈坐愈高。難道別人都看不見那個人的無能、無禮、無腦嗎？我們底下的人都看得這麼清楚，究竟那樣的人到底是怎麼坐上那個位置的呢？這樣的人一直高升，但在我們看來覺得還不錯的人，為何總是半途就辭職？難道是只有這樣的人，才能撐到最後嗎？那我該撐到什麼時候呢？

某天我回到家，一邊哭一邊跺著腳抱怨。我常常這樣哭，因為那個奇怪的傢伙就是我的上司。光是跟他對看就讓我覺得很痛苦，所以我最近午餐都一個人吃，但那種難受到喘不過氣的感覺依然沒有消失。無法跟他對看，那又要怎麼跟他說話，又要怎麼和他共事？答案只有一個，那就是辭職。原本不想辭職的，因為工作真的很有趣，但實在別無他法。我沒辦法繼續每天這樣哭、每天早上這樣亂吼亂叫。就這樣撐了幾個月，突然某一天，我想起很久以前朋友的男友曾對我說過的話——不應該把我的心分給討厭的人，連一點點都不值得。我不能因為那種人放棄我重要的工作，不能放任那個討厭的傢伙，將我的人生逼上另一條不同的路。你憑什麼影響我的人生？你怎麼敢影響我的人生？所以我決定撐下去，以這股傲氣，以這股毅力。總之，無論使用什麼手段跟方法，我都一定要頑強地撐到最後。還要比你更久。那就是我選擇的方式，就是我找到的，保護我自己的方法。

不要把時間浪費在討厭的人身上，不要浪費時間去在乎討厭的事物；不要因為討厭那些事情，就把能量浪費在那些事情上。當然，如果做得能像說得那麼簡單就好了。但如果因為太困難就放棄，那真的可惜了自己。喝酒的時候、什麼事都不做靜靜躺著的時候、發呆的時候都不會覺得浪費自己的人生，但如果把人生浪費在討厭一個人上面，那真的是太可惜了。當然，這一點我也經常忘記，我經常憤慨、經常生氣，也經常跳腳。每次遇到這種情況，我都會經常對自己說：「花時間在那種人身上真的很可惜」。

求禮的搖滾精神

我說我要休假，接著理所當然地被問道：

「要去哪裡？」

「求禮。」

「去求禮幹嘛？」

「那邊要開搖滾音樂節。」

「在求禮嗎？」

「對。」

「不是盤索里慶典？」

大家異口同聲地感到好奇，求禮怎麼會開搖滾音樂節？老實說，我也是這樣想的。求禮怎麼會開搖滾音樂節？又不是其他地方，是求禮耶。在智異山瀑布底下，邀請一群在盤索里領域登峰造極的名唱們，舉辦盤索里慶典，才是最適合求禮的。這裡會有什麼厲害的搖滾巨星嗎？總之，光聽活動名稱就讓人感到好奇，實際到那邊不知道會有多開心。但如果想知道現場的情況，當然只能親自跑一趟。

我們在搖滾音樂節開幕前一天抵達求禮，然後在一星期只在星期五營業的餐廳吃了血腸湯飯。餐廳的名字叫做「韓牛」，但菜單上卻只賣「血腸」，真是神祕的餐廳。

搭上計程車，請司機載我們到四聖庵，很多朋友都推薦這裡。計程車司機也停了車，跟我們一起爬上四聖庵。不光是這樣，他還一直說要幫我們拍一些祕境，然後一直把我的相機借走。相機裡滿是些不明所以的照片。岩石的角、岩石之間的天空，還有夾在狹長的岩縫之間，以尷尬姿勢站著的我，甚至是我們夫妻因為逆光而完全看不見臉的照片。這大叔用我的相機創作了不少藝術作品，真是位神奇的計程車司機。

有神奇的咖啡廳、神奇的客人、神奇的外國人，不過我想，對神奇的求禮的描述，還是就此打住吧。畢竟這次旅行的目的地，是求禮搖滾音樂節。總之，我們為了準時抵達音樂節現場，急忙抵達求禮客運站。在買往活動會場的車票時，也順便問了窗口的售票員要在哪裡下車？售票員不耐煩地回答：「請去問司機吧。」那時我後面的大嬸拍了拍我的肩膀說：「我也要去搖滾音樂節，你們跟我一起下車就好了。」

她是求禮居民，當時我想我的旅行運真的很好，所以趕快先去了一趟洗手間。我四處張望，想從一整排巴士中找出我們該搭的是哪一臺，這時大嬸打開巴士的小窗戶叫我：「搭這臺巴士就可以了。」就像遇見好朋友一樣，我和老公跑向那臺巴士，急忙上車，坐在那位大嬸隔壁。大嬸跟國中的女兒同行，我們突然有了很可靠的旅伴。一坐下來，地理概念完全零分的老公就問我說：

「要搭多久？」

「不會很久，從這邊一直直走就是活動會場了。」

我悠閒地坐著，看著窗外的景色。公車右轉，然後再左轉，每一次轉向我都可以看到完全不同的景色。咦？這是什麼？地圖上明明顯示直走啊？明明沒有別的路啊？不安的感覺在內心慢慢發酵，但我還是用智異山的豪邁努力消除自己的不安。我以「哎呀，可能有別的路吧？客運又不是計程車！」來安慰自己。當我開始覺得事情沒這麼單純的時候，是搭上客運後三十分鐘的事，現在客運開上山路了。
「要到會場需要爬山嗎？」
「沒有啊，不可能，好像哪裡不太對。」
這麼一說，原本預計五十分出發的巴士，在四十五分就出發這一點確實是滿怪的。車裡除了我們之外，都是上了年紀的長輩，這一點也很怪。大嬸的眼神也開始動搖了，我看著大嬸不安的神情與目光，覺得不能再這麼袖手旁觀，於是我對她說：
「那個……是不是該問一下司機比較好？」
「……好像是該這樣喔？」
大嬸嘴上是這麼說，但還是猶豫了一下。在我堅持不退讓的目光之下，大嬸終於離開座位去問司機先生：
「司機先生，請問這是去二沙的客運嗎？」
「要去二沙為什麼會搭這臺車？這臺車不會到那邊喔，糟糕了。」
根據司機先生的說法，我們根本搭錯車。大事不妙，已經錯過第一場演出，但我們還是應該先在這裡下車；但在這邊下車也不保證一定有計程車，一定要從市區叫車過來，只能搭計程車去搖滾音樂節現場。總之，我們還是先下車了。大嬸對我連聲道歉，我也一直回她說沒關係，但其實很有關係。大嬸，我們現在該怎麼辦才好？我們真的能去參加搖滾音樂節嗎？我們可是為了參加這活動特地從首爾來的耶。唉，我好像也不該對她說這些事情，就覺得不應該這麼做。

嘴上說著沒關係，但其實我的心裡直跳腳，結果她突然邁開步伐往某個地方走去。正好奇著「她要去哪裡？」的時候，她說：

「我去問問警察看能不能載我們一程。」

一聽到這句話的瞬間，我、我老公、她女兒都愣住了。因為她說她要去警察局。我們又沒做錯什麼事，居然要用自己的雙腳走進去？沒有犯任何錯，自然不可能坐警車。

老公跟我站在外頭，心裡想的是船到橋頭自然直，而且仔細一看，發現社區附近的家常餐廳似乎很不錯。雖然不知道這是哪裡，但不如乾脆在這裡喝個通宵好了。搖滾精神本來就是要抵抗嘛，為了去搖滾音樂節而向警察的公權力低頭，這也算是一種違背搖滾精神吧。正當我們在認真討論是不是要放棄時，警察局的門開了，大嬸和警察先生一起走了出來。

「唉唷，原來不只一個人喔？」

警察大叔一派輕鬆地載著我們四個人離開，老公坐在前座，三個女人則坐在後座。不久前的反抗心瞬間消失，我反而突然緊張了起來。呃啊！我居然搭了警車！搭了有裝鐵窗的車！居然接受會場工作人員的行禮，被直接載到會場入口！又不是大學入學考試遲到！也沒有做什麼壞事！而且因為輕輕鬆鬆就抵達會場入口，再加上聽到警察大叔說的一句話，讓我徹底忘光剛才的搖滾精神，直接向權力低頭。這也讓我開始喜歡上警車了。

「後座的女士，要等我開門才有辦法下車喔。」

警察先生是這樣說的。因為犯人可能會打開車門逃跑，所以警車後座沒有辦法從裡面把車門打開。如果不是警察大叔親切地幫我們開門，那我們就無法下車。我什麼時候還能再有這種經驗呢？如果不是那位親切的大嬸，如果不是這位親切的警察大叔，那一輩子不可能有這種體驗。而且大嬸因為真的很抱歉，所以就把只發給求禮郡民的免費啤酒兌換券讓給我們。啊，原來求禮是這樣的一個地方。在有些人心中，求禮是櫻花與花開市場；但對我來說，這裡則永遠都是具備溫暖搖滾精神的城市。

悲觀者的綁架事件

家門前的超市歇業了，原本店面的位置換成一家便利商店。這其實是能預期的結果。我住的社區是望遠洞，是一個漸漸有許多外人來探訪的社區。社區內的洗衣店關門，出現了大排長龍的甜點店，雨後春筍般的特色咖啡廳取代了平凡餐廳。這些新店開張的速度，快到讓我不得不從某一刻起開始放棄追上最新進度。因為只要一轉身，馬上就會有店面汰舊換新。所以家門口那間平凡到不行的超市歇業，也不足以在望遠洞構成什麼大新聞。

但並不是結果可以預期，就表示完全不會受到衝擊。尤其對我來說、對我們夫妻來說。這就跟在望遠洞的中心，發生了震度6．5以上的地震是差不多的意思。天搖地動，喔喔喔喔喔，轟隆！到底該躲到哪裡去才好？為什麼沒有收到國家災難警報？

一個月前，我們可能都還無法想像這件事情發生。那是在韓國被地震襲擊之前，也就是我們連續好幾個月差點被超級高溫給融化時發生的事。當時實在沒有想過，居然有機會在家裡使用瓦斯燈。下班之後，我和老公在外頭碰面，一起吃炸雞、喝啤酒。啤酒總是不夠，所以我們去了趟超市，想要買幾瓶啤酒帶回家。

結完啤酒的帳之後，超市的大叔用他那獨特的冷淡語氣問道：「你們喜歡雞爪嗎？」因為我從來沒吃過雞爪，所以猶豫了一下到底該說喜歡還是不喜歡，這時大叔接著說：「剛才我炒了一些雞爪，很好吃，來配燒酒吧。」正當我在猶豫這樣會不會不太好，並用有點尷尬的表情看著老公時，大叔就已經把一張小椅子拖到冰箱前面了。於是我們坐在比澡堂椅子還要矮的椅子上，坐在一張看就知道曾經是電腦桌的謎樣桌子前，面對著冬粉的陳列架。

我們窩在超市的一個角落，左手拿著拋棄式塑膠杯、右手拿著竹筷，跟社區的大嬸們一起坐在那。大叔在拋棄式塑膠杯裡倒滿了燒酒。那是我第一次知道，原來那樣的杯子除了用來裝冰美式咖啡之外，還可以用來裝燒酒；也是第一次知道，原來就算把一整瓶燒酒倒完，都無法裝滿那個杯子。感覺自己突然從時尚的三十多歲，瞬間變成通曉世事的五十歲長者，咔嚓咔嚓地吃著雞爪、咕嘟咕嘟地喝著燒酒。

坐在冰箱正前方的我，被賦予了一個重要的任務，那就是要從冰箱裡拿出黃瓜遞給大叔。大叔一說「從冰箱裡拿黃瓜出來」，我就要拿出貼著價目表的黃瓜給大叔。大叔則會熟練地把保鮮膜撕開，把黃瓜洗乾淨、瞬間切好後遞到我們面前。深夜，沒什麼客人，黃瓜很快就見底。每到這個時候，大叔就會要我再拿黃瓜出來。咻咻咻地洗乾淨、嚓嚓嚓切好。

這個超乎想像的邀請，讓我開始感動了起來，有一種社區好像還能夠維繫下去的感覺。再加上社區的大嬸們說，從來沒有這麼年輕的人被招待來這個超市角落的酒館，更讓我驕傲得像要飛到天上去。這樣的驕傲再加上酒氣、夏天的暑氣，讓我一直不停地揮著扇子搧風。看見這副情景，超市的大叔又開口了：「熱的話就把旁邊冰箱的門打開啊。」大叔，這樣怎麼做生意啦？蔬菜會被熱死的啦。因為我一直沒有動作，所以社區的大嬸代替我豪邁地打開了冰箱的門。

「叫妳開的時候就要開，不然誰知道那小氣鬼哪時改變心意？」

那天晚上，我們真的喝了很多酒。我們在那間超市消費了七年，第一次聽到超市大叔過去的故事，聽他說那天早上有位超沒禮貌的客人，然後一起咒罵那個人。當然，大叔罵得更大聲。而我只要覺得熱，就會把手伸進冰箱裡面，再用很快就變涼的手去喝微溫的燒酒。超市有很多酒，這是當然的。酒喝了多少，就代表我們對這間超市的愛、對這社區的愛有多深。但那晚之後不過幾天，我們就聽大叔說要把這間超市收掉的事。我對望遠洞的驕傲，我在望遠洞的重心要消失了，那是個彷彿地震般的驚人消息。

聽聞每週一會來的章魚燒卡車大叔準備結婚的事後，我外帶了一堆章魚燒去那間超市。超市歇業前，大叔把啤酒送到我們家來，我們家陽臺堆了無數個啤酒箱。大叔往窗外眺望，淡淡地問道：「你們喜歡血腸湯飯嗎？」他好像打算在一個比較遠的地方開餐廳，希望我們一定要去找他。最後的最後，他離開我們家，望遠洞一瞬間變得空空如也。

現在要由誰外送啤酒來給我們呢？現在誰會因為牛奶很快就要過期，把這些即期牛奶分送給我呢？現在誰會塞一點過冬泡菜給我，要我嚐嚐味道呢？現在誰會阻止我隨便亂買昂貴的砂糖呢？我就這樣無止盡地憂鬱下去。一瞬間，我成了一個悲觀主義者。

望遠洞的悲觀主義者要出巡了，生人迴避。那是某個我全身散發著憂鬱氣息，腳步沉重地去上班的早晨。一臺車開過我旁邊。從卡車的縫隙間，有一根巨大的樹枝往外伸出來。樹枝上甚至還掛著蜘蛛網。一開始我只覺得那是個莽撞的司機，但接下來，我卻開始了一連串可怕的想像。一臺很少有機會開上路，已經布滿了蜘蛛絲的汽車，背後是不是有什麼樣的故事呢？那臺卡車裡面會不會……那臺車裡會不會……我就像個悲觀主義者般，一邊走著、一邊往壞處想，沒想到那臺車卻停了下來。接著開車的大嬸搖下車窗喊了我一聲，因為這條巷子很窄，我也不能假裝不認識她就走掉，回答之後卻又覺得有點麻煩，不知道該怎麼做才好，但那位大嬸又叫了我一次。

「上車吧。」

「什麼？」

「妳是要去搭地鐵吧？」

「……對。」

「我載妳到地鐵站。」

「什麼？」

「反正順路嘛，快上車吧。」

該怎麼辦？在恐怖電影裡面，接下來一定會發生什麼可怕的事。但就像我坐到超市角落的澡堂椅子上時一樣，我又搭上了那臺矮小的車。我坐立難安地坐在車內，大嬸卻一直用很溫和的表情跟我說話。

「我女兒說這條街真的很無聊。開車只要一下子就到盡頭了。」

大嬸分毫不差且毫不猶豫地把我送到地鐵站前面，然後就消失了。就像下大雨的那天，超市大叔把我送到家門前一樣；就像最後他外送啤酒到我們家，頭也不回地離開一樣。還有，真的非常感謝那位大嬸，把我心裡的悲觀主義者給綁架走了。我忍不住地笑了出來。

嗯，就再一次，試著喜歡這個社區吧？

奇怪的算法

老公和我，絕對不會忘記我們的本分。無論別人說什麼，我們都是驕傲的望遠酒館老闆。是來自韓國、冷靜且無藥可救的酒鬼。去到義大利的我們，怎麼可能會忘記這個本分呢？也因此在義大利時，我們每點一瓶酒都會經過精密的計算。

「這瓶多少？十五歐元？那大概是兩萬韓元左右？這在韓國到底賣多少啊？五萬韓元？哇，那我們在這裡喝一瓶到底是賺了多少？三萬韓元？讚耶！」

每喝一瓶酒就可以賺錢！那喝這麼多酒，我們到底可以賺多少？我們縝密地計算，完全沒有任何疏漏。就像我說的，我們可是望遠酒館的老闆啊！為了望遠酒館未來無可限量的發展，我們連一滴酒都沒剩下，每一次也都會經過相當精密的計算。對不喝酒的人來說，這可能是很荒唐的計算方式，聽在他們耳裡，可能只會覺得我們不知道在說什麼鬼話。但我同時也知道，這對我那些喜歡酒的朋友來說，是多麼合理、多麼優雅、多麼美妙的算法；也是能夠讓旅行更豐富、更富足的計算方式。總之，這世界上就是有一種只有酒鬼之間才通用的計算方式，就算是在西西里島也不例外。

在西西里島巴勒摩的最後一天，我們回顧了過去兩星期在西西里島吃過的食物。讓人無法放下叉子的海鮮義大利麵、有生以來從沒吃過的烤劍魚、加了大量西西里島特產開心果的阿蘭斯尼、加了數十條比手指更大的鯷魚的義大利麵、在水產市場旁邊現炸的魷魚等，數也數不盡。短時間內，我們又累積了不少嘗遍美食的回憶。我們好不容易從中選出前五名，幸好有兩種是在巴勒摩吃過的食物。所以沒有煩惱太久，我們決定要再造訪那兩家店一次，畢竟是最後一天，而且也不知道什麼時候會再來西西里島，或許這真的是最後一次也說不定。就去吧！吃吧！盡情喝吧！

第一間店是烤腸店，義大利居然有烤腸店！發現這件事時，我也很懷疑自己的眼睛。店家甚至在廣場烤腸，讓整個村落都瀰漫著烤腸的煙霧。大肚子的大叔將烤腸烤好之後，旁邊留著長鬍子的大叔就會把熱騰騰的烤腸放到木砧板上切好，再裝到塑膠盤裡。再大力擠上西西里島的半顆檸檬，烤腸料理就完成了。而坐在塑膠桌旁的人們，則會歡呼著接下這盤烤腸。這些塑膠桌，塞滿了這個又小又舊的廣場。一群西方人就這樣肩並肩地坐在一起，拿著免洗叉子吃起烤腸來。這幅景色會讓人覺得這可能是在韓國的便利商店前，或是東南亞的某個夜市，總之絕對不會聯想到是義大利。雖然我們已經吃到快要撐死，但還是相當忠於本能，著了魔似地外帶了烤腸，因為當時已經接近深夜十二點，但還是沒有給我們的空位。

我們把熱騰騰的外帶烤腸捧在手裡，站在斑馬線前面，這時我和老公對看了一下，實在無法等到回到家再打開來吃了。所以我們迅速地拆開包裝，一人塞了一塊烤腸到嘴裡。沒走幾步路，我們又停下來把烤腸往嘴裡塞。不知道到底停了幾次，也不知道到底讚嘆了幾次，那天晚上，天堂確實就在我們手中。但從那之後，我們卻經常遇到那間烤腸店店休。為什麼通往天堂的門這麼窄呢？所以我們最後一天前往那間烤腸店時，其實並沒有抱太大的期待，沒有就算了。

但沒想到今天居然有營業！又是煙霧瀰漫的景象，經過的人全都停下來排隊，我們也很快進入隊伍中，點了一份烤腸。這次我們很快坐到塑膠桌旁，大力把檸檬汁擠到烤腸上，一口啤酒配一塊烤腸，不，是配兩塊，啤酒也一次點了兩瓶，後來還加點了烤腸。因為這味道真的太難以言喻了，所以我們吃到相視而笑。我們甚至還說「要為了吃這個再來西西里島了」，感覺真的很荒唐。吃成這樣，價格還不到兩萬韓幣。結完帳本來想離開了，但老闆拉住了我們。「One moment.（等一下）」。

我們又沒有要找錢，怎麼了？我們帶著意外的表情站在那，老闆又說：「One moment.」，接著他打開冰箱，拿出了一瓶啤酒。老闆面無表情地把啤酒倒到杯子裡遞給我們，並說「Take this.（這拿去）」。因為完全不知道他在說什麼，我們只能呆呆地站在那，結果他又說：「Take this. Present.（拿去，這是禮物）」。

居然要免費請我們喝，雖然難以置信，但我們還是收下了。拿了人家的東西，我們也一直不停地道謝，但真的聽不懂他的英文。我們沒有和老闆說過話，也沒跟他說今天是我們西西里島之旅的最後一天，更沒有特別說這是我們第二次來訪。總之，我們完全沒有做什麼讓他記得我們的事情，但老闆為什麼會對我們那麼好？

「怎麼回事？難道他認出我們是酒鬼嗎？我們又沒有喝很多酒，到底為什麼？」

但真的不能再這樣一直丈二金剛摸不著頭腦地站在那了。夜愈來愈深，但我們還有其他要吃的東西。所以我們乾了那杯酒之後就離開。這罕見的好意讓我們笑得合不攏嘴，走著走著就到了下一個目的地，第二家餐廳。

第二家店，是充滿年輕氣息的酒吧。其實我們前一天才剛來過這裡，前一天傍晚我們回到住處休息一下，打算不吃晚餐喝杯紅酒就好，所以就打開谷歌地圖來搜尋酒吧。我們決定要去距離最近的酒吧，走出家門時正好遇到了房東。我們說打算要去喝杯紅酒，他說他要帶我們去一個好地方，所以要我們搭他的車。

「現在要去的酒吧，真的很受歡迎。」

「是喔？是你喜歡的地方嗎？」

「不，其實我不喜歡喝酒，所以從來沒去過。但每天晚上那裡都人滿為患，我真的很好奇，你們去看看吧，如果不錯再告訴我。」

怎麼回事啊，房東？你自己都沒去過的地方，居然要推薦給我們？我們是你的實驗對象嗎？雖然有點無言，但我們還是用望遠酒館的老闆氣度一笑置之。而房東帶我們去的地方，其實就是剛才我們想去的那間酒吧。託他的福，我們不費吹灰之力就來到這裡。就像他說的，這間酒吧真的連站的地方都沒有，擠到幾乎是沒辦法進到店裡的程度，但神奇的是居然有地方能坐下。這真的讓我們很好奇，難道這個國家的人都喜歡這樣站著喝酒聊天嗎？但也因此我們不需要等待，就可以直接在桌邊坐下。

咕嚕咕嚕地喝著酒，才發現肚子有點餓。好吧，畢竟連晚餐都沒吃，不如來點個下酒菜，於是我們看了看菜單，點了一道炸鱈魚乾。我們真的沒有抱什麼期待，但是真的不得了！當我們把一塊炸鱈魚乾塞進嘴裡的時候，它就像爆米花爆開一樣瞬間消失。我們看了看四周，居然沒有一桌點這道下酒菜！真的是會讓我想要抓住不認識的人，強力推薦他試試看的美味。為什麼不吃這個？吃一下這個啊，來這間店一定要吃這一道菜！總之，為了再次品嘗昨天的那份感動，隔天我們又再度造訪那間店。

昨天替我們服務的店員一眼就認出了我們，沒錯，畢竟這裡很少看到東方人。我們解釋這是我們在西西里島的最後一晚，請他推薦一瓶好酒。點了他推薦的酒、點了炸鱈魚乾後，店員好像也發現了什麼。

「你們昨天也有吃這個吧？」

「有，其實我們不是為了喝酒，而是為了吃這個才再來的。」

店員對我們露出大大的笑容，畢竟是最後了，我們一邊跟像爆竹一樣在嘴裡爆開，然後消失的炸鱈魚乾說再見，一邊喝著紅酒。慢慢品味著，就像在品味這兩星期的西西里島之旅一樣。

跟店員說完謝謝招待之後，我們就請被夾在酒客間、忙得不可開交的老闆結帳。結完帳後，老闆大叔把帳單遞給我，我正想伸手時，他又把帳單拿了回去，用原子筆在上頭畫了一條線。他突然為我們折了五歐元，然後再把帳單遞到我手裡。這又是怎麼回事？是要給我折扣七千韓元嗎？為什麼？我們也沒有跟老闆大叔說什麼啊？沒有說今天是最後一天，也沒有謝謝他給我們好喝的酒和食物，什麼都沒說，但今天這些人為什麼要對我們那麼好？

那天晚上，我們一邊走回家一邊不斷大笑。為什麼？到底為什麼！為什麼無論韓國還是義大利，酒館的老闆都對我們這麼好啊？為什麼要送我們免費的酒，為什麼要給我們折扣？再怎麼想，都想不出來到底是為什麼。最後我們好不容易做出了結論：無論到世界各地，酒鬼都可以認出酒鬼；而在我們之間，有著超越國境的美麗算術像魔法般發揮作用。彷彿只要一滴酒流入我們之間，就能夠發動魔法一般。所以今晚，我們要和地球上的所有酒友乾杯。

家庭的誕生

「我以後要住在小澈家附近。」

身為廣告文案界前輩的金荷娜作家，不知從什麼時候開始經常對我說這種話。我們一起工作只不過兩年，但卻維持朋友關係超過十年。總是充滿各種創意的她，和完整執行想法的我；很會寫文案的她，和很會管理行程的我，雖然兩人都是廣告文案撰稿人，但我們擅長的事情很不一樣，所以合作起來很順暢。但我覺得一起工作跟當鄰居，是完全不同的兩個問題。不，應該說在她跟我說這些話之前，我從來沒有想過跟哪個很熟的朋友變成鄰居這件事。說好聽點我是比較內向的人，但說難聽點，我其實是個社交性嚴重不足的人。但她毫不在乎地說：

「我以後一定要住在小澈家附近。」

「好啊。」

我總是肯定地回答她，因為我覺得那或許是很久很久的以後才會發生的事。我想或許等我們都變成白髮老人之後，這件事才有可能發生。我想像過白髮蒼蒼的我們，坐在社區的角落聽著音樂、看著搖曳的樹枝，一邊讀書的樣子。無論這件事究竟實不實際，但那個畫面似乎還挺不錯的。哎呀！職場的前後輩，竟然能夠變成一輩子到老的朋友！光是用想的都覺得很棒。我依序想像著那些可能會在外國電影裡登場的畫面。當然，把兩個白髮蒼蒼的老奶奶放在任何一個畫面裡，感覺都很酷。所以我想，在遙遠的未來，我們一定會過著很棒的生活。

但前輩依舊是前輩。正當後輩在為了空想而傻笑時，她已經開始在為了實現這個遙遠的未來而展開行動了，她真的開始打聽我家附近的房子。她到不動產公司那裡去，指著我們家的公寓說，要是這裡有空屋請務必要跟她聯絡，後來她就跟朋友一起搬到我們這棟公寓來了。

搬家來之前，她一直說：

「我會當一個不黏人的鄰居。」

一起搬來當鄰居的姊姊，同時也是當記者的黃善雨說：

「我們兩個不是一直都在說嗎，要當不會太黏小澈的鄰居。」

但她們真的是杞人憂天，因為她們一搬來，立刻成為黏人鄰居的人其實是我。下班之後我會跑到她們家去蹭飯吃，出門丟個垃圾，也會順道進去喝杯酒再回家。正當我愈來愈擔心自己因為第一次有了認識的鄰居，好像太過興奮的時候，她們也開始會到我們家來看電影看到深夜才回去，我們會分享社區裡好吃的餐廳、五金行和診所。藉著各種理由，往來於彼此家中的機會愈來愈多。

某天，我們開始在想，無論關係再怎麼好、即使只是住在隔壁，但似乎也還是要擁有各自的私生活。無論對方跟自己關係再怎麼好，蓬頭垢面、穿著睡衣去迎接一個人，都還是很不像話。但因為這樣講得好像是前輩懶惰、希望她們去把睡衣換掉這種行為，也讓我不是很舒服。所以我們決定積極運用公寓裡最有用的東西，那就是電梯。

如果有要分享的物品，前輩就會打電話給我。

「妳在家吧？我把東西送上去，妳去收。」

我真的無法忘記那一刻。電梯門一開卻沒有半個人，只有一個小小的蛋糕盒放在日光燈底下，就像現代的裝置藝術一樣，也像一封手寫信一樣溫暖。我很快回到家，然後把要分享給她們的東西拿出來，小小的罐子裡裝了我自己做的橘子醬，還有鄉下的婆婆炒好寄上來的玉米鬚茶，接著我很快打了電話過去：

「我也送了東西下去，去拿吧。」

無論白天黑夜，電梯都完美執行了這份宅配工作。而且是超快速宅配，免費宅配。包飯生菜送上來、蝦醬送下去，把香菜送下去，幾個小時之後加了香菜的玉米沙拉就會又透過電梯送回我們家；送了熟透了的蘿蔔葉泡菜下去，幾天之後就變成美味的炒泡菜回來。偶爾突然發現橄欖油用完時、鄉下的婆婆寄了很多美食來的時候，電梯就會辛勤地工作。

我突然領悟，我們在不知不覺間已經變成一家人。連結比較沒那麼緊密的家人，也就是比較輕鬆的家人。沒有任何義務、沒有任何責任，只有連繫感的一種新型態家人。仔細想想，我跟住在大邱的媽媽，一年最多也只見兩、三次。雖然是同甘共苦的家人，但現在無論生活多麼美好，也很難把這種美妙的滋味轉達給人在大邱的媽媽；但住在同一棟公寓的姊姊們，就能夠馬上感受到我生活中的喜悅。當下遭遇到困難時，自然是遠親不如近鄰。因為一些瑣碎日常而感到疲憊的夜晚，通常是和住在隔壁的家人們喝一杯就能夠獲得安慰。那我想，即使不傳統，即使有點背離常識，這不就是家人嗎？

但這個世界和我們所想的很不一樣。無獨有偶，大家都在類似的時間點摔壞手機，老公和我以及姊姊們都去了社區的手機行，大家都選了同一支手機，但要負擔的手機費用卻完全不一樣。有戶口名簿的老公和我可以用比較便宜的價格，但沒有家人關係的兩位姊姊，就只能買比較昂貴的手機。即使住在同一間房子裡、使用同一間電信公司的網路、電視與手機，但只要無法證明是家人，就無法得到折扣。這時候我才終於明白，韓國的制度都是為了傳統的家庭而量身打造的。即使一口之家的比例逼近百分之四十，無論現有家庭的型態如何崩解，在制度上依然只承認已婚夫妻與他們的子女才是家庭的基本型態。

我很快開始對此感到憤怒。

「反正為了吸引更多顧客加入自己的電信公司，所以才推出『家庭優惠』或『合辦優惠』的不是嗎？還花了一筆天文數字的費用來廣告這件事情，還記得我絞盡腦汁想出了個廣告創意的事情吧？哎呀，既然這樣，那為什麼還要把家庭的定義設定得這麼狹隘呢？在汽車就算飛在空中也不足為奇的二〇一七年，這種想法也未免太老舊了吧？」

就是這時，正在因為各種不滿大吐苦水的我，突然獲得創意之神的眷顧。

「天啊，要是有這種商品，那那間電信公司一定賺翻！而且還可以贏得年輕又走在時代尖端的形象。哇！超酷的！雖然是我自己想的，但這個點子真的很讚。」

老公聽了我的想法之後也很認同。

「不錯耶！」

想知道到底是什麼想法嗎？那就是配合新家庭型態的新商品！就是「新型態家庭綜

合商品——朋友！戀人！合宿生！一般單身族！只要住在一起，我們都是家人！只要是家人，就都可以獲得優惠！」

只要能推出這種積極反應時代變化的商品，那麼我那個決定不和男友結婚只同居的朋友、不想結婚但也不想孤單終老的朋友，以及和他住在一起的另一個朋友；因為房租太貴，所以一間房子找了好幾個人來分租的另一個朋友，還有我的鄰居姊姊們，肯定都會跳槽到那間電信公司。不光是手機，連網路、電視也都會一起換。而且現在大家都會自動自發地在社群上宣傳好商品，這樣口碑就會不斷散播出去，吸引更多人來加入這間電信公司吧？哇，雖然不知道誰會先開始，但我相信營業額應該會大幅上升喔。等等，我真的可以在這裡把這個想法公開嗎？應該要收一大筆錢，再把這個點子賣出去吧？

哎呀，我就好心地寫出來吧，隨便誰趕快拿去用，一定會賺大錢。賺了大錢之後，請千萬不要忘記我。

一起開心到最後

1

「雖然我跟老公這十年來都在吵架，但還不夠，所以我們依然繼續吵。因為不管怎麼說他都無法理解，所以只能繼續吵架。」

這已經是十三年前的事了。公司前輩酒喝一喝突然說：她先生每次都會說「我會幫妳」做家事，再怎麼指出這句話的問題點，她先生還是很執著地要這樣講。她也不肯放棄指責這句話有錯，所以只能一直吵個不停。

「什麼叫幫我，我也要上班、你也要上班，但這居然是叫幫我？這意思就是說家事都是我的責任啊，這怎麼可能都是我的責任？下班之後回家張羅孩子的晚餐、幫忙看孩子的作業、打掃家裡，都不是你的事情就對了？你以為你偶爾幫個忙，就是個好老公、好爸爸了是嗎？我真的看不下去。」

當時才二十六歲的我太過年輕，不知道這到底是多嚴重的問題。為什麼前輩可以這樣跟老公說話？哎呀，前輩真的很辛苦，最後我就用這樣一句話結束了這段對話。但現在，我真的從頭到腳都能夠理解那句話到底是哪裡出了問題。所以遇到會說「幫忙做家事」這種話的人，我都會先嘆口氣。日常生活中，無論男人還是女人，都經常把「最近不幫忙做家事可是不行的，男人會活不下去」或是「但至少我老公會幫忙做家事」這種話掛在嘴邊。但暴力其實就隱藏在這些話當中，究竟是從哪裡開始出錯的呢？

2

當初在讀《82年生的金智英》時，我覺得自己不是金智英，也不覺得自己是《身為媳婦，我想說》裡的閔思琳。老實說，我出生在一個把孫女捧在手掌心上的家庭。孫子的名字都是按照族譜來取，但只有我是花了大把費用去算命先生那邊取的名字（雖然我跟媽抗議過很多次，說花大錢取的名字怎麼會取成這樣，但真的沒什麼用）。雖然有個弟弟，但弟弟真的不太擅長讀書，我則是靠自己成為模範生。雖然會被拿來跟弟弟比較，但通常會感到委屈的都是弟弟。畢竟他有個模範生姊姊，就連出點小事都會被當成問題兒童。媽媽經營鋼琴補習班很忙，但也沒有叫身為女兒的我做家事。也完全沒有因為我是女兒，所以就特別賦予我什麼任務。即使是洗碗這麼稀鬆平常的事情也沒有。結婚後我和老公一起分擔家事，我從來不曾因為自己是女人所以不做某些事，也沒有因為自己是女人就放棄某些事。所以愚蠢的我，覺得自己不是金智英，也不是閔思琳。因為我覺得那不是我的故事。

3

但真的是這樣嗎？某天，我突然意識到我會習慣性地對老公說「抱歉」。

我到底在抱歉什麼？每天出門上班的是我，老公在家的時間比我還長很多，但家裡要是很亂，我就會覺得那是我的錯。冰箱裡沒什麼東西可吃，老公隨便熱點剩菜當午餐時，我就會覺得很抱歉。因為我潛意識裡認為：冰箱裡的食材就是我的生活成績單。蔬菜都黃了，扣分。沒有半點水果，扣分。小菜放到發霉都不知道，扣分、扣分、扣分。

真奇怪。媽媽從來不曾囑咐我要把家務打理好，婆婆也從來不曾要我顧好老公的三餐，但這種罪惡感到底是來自何方？我的理性完全無法認同這種情緒，老公絕對不可能感同身受。是因為小時候媽媽和伯母們在煎餅的時候，身為家中唯一一個孫女的我，都會坐在廚房裡有樣學樣嗎？是在結婚後婆家祭祖，只有女人們另外坐一桌吃飯時學的嗎？是在媽媽會把洗碗用的橡膠手套從女婿手上搶走，說到岳父母家幹嘛洗碗時學的嗎？到底是從什麼時候開始？這種長時間代代相傳、深植在女人血液當中的義務感，和這根深蒂固烙印在心中的罪惡感。

4

我花了很多時間才克服這個想法。如果你問我現在是不是完全克服了，我可能會花很久的時間思考。因為至今，罪惡感還停留在腸胃的某處，異物感還深藏在心裡的某個角落；「因為是女人」這個字眼也還隱藏在肚子贅肉的某個角落，時不時的偷襲我。但我敢說，也因為這樣，所以我會更用心提醒自己：沒有什麼「因為是女人」，就必須要負起的義務。只是人與人相遇，一起生活而已。

所以我現在也有一點點覺醒了，幸好我開始看到世界上開始有許多人覺醒的訊號。光是廣告，就已經不會再把廚房塑造成只有女人才能進去的形象。六十多歲的父親會在廚房做菜、女婿會在客廳打掃、妻子去出差時先生就會照顧孩子，我們開始可以在廣告中看見這樣的畫面。這些由熟悉卻不正確、歷史悠久但應該立即拋開的性別刻板印象所創造出的內容，逐漸消失在我們的社會中，這確實是很值得慶幸的事情，非常值得。

當然，這點程度的改變才只是開始而已，目前社會上，還有新進社員不採用女性的制度。公司升遷時，刻意遺漏女性同仁的情況也一再發生。經常會聽到有人不當一回事地，對結束育嬰假回到職場的女性說「這樣誰顧孩子？」但卻絕對不會有人這樣問男性。現在女性開始對這一切的不合理發聲。還有，最重要的是至今為止一直深受犯罪騷擾的女性，終於開始會說 Me Too。聽到這些聲音的人，也開始高喊 With You 為女性加油。為了排擠女性所公告的規範、玻璃天花板、隱形的歧視以及被忽視的暴力，現在都開始浮到水面上。而現在，人類史上維持最久的「男性中心」體系，終於開始有一點點、非常細微的動搖。我們只能繼續嘗試下去，因為我們才剛剛站上起跑點而已。

5

以個人來說，我很開心，很高興自己能活在這個混亂的時代。因為這個混亂的時代過去之後，或許就會和以前截然不同了。沒有人會願意回到過去那個時代。因為那時的世界，只會比現在更美好。所以即使很辛苦、很難受，即使看起來很緩慢、氣到讓人連頭髮都憤怒，都還是令人感到喜悅，讓人想要盡情地享受。因為這是最後會如願以償的愉快戰爭。

每當理論變化或崩潰時，國民的、宗教的、經濟的狹隘觀點和學派思想有所成長，或變得疏漏百出的時候，人就會伸出雙手，以一種非常痛苦的姿態，搖搖晃晃地向前爬行。這同時也伴隨著偶然為之的錯誤。雖然明知道先往前踏出一步就不會往後退，但人一定只敢向前跨半步而已，絕對不可能大膽地邁出一大步，這就是人類。

——約翰・史坦貝克《憤怒的葡萄》

4

「妳沒去過那裡？
妳一定會喜歡的啦！」

「妳一定要吃吃看那個，
妳一定會喜歡。」

我一跟朋友說
他就興奮地高喊著
希望我能去一趟

這是多幸運的事
這世上還有很多我沒去過的地方
很多我沒吃過的東西
很多我沒有體驗過的事物
在我們身邊不斷地累積

未知的取向
在未知的土地上等待著我們
也因為這樣
所以我才能盡情地期待明天

光的城市，債的城市

有一座城市，在我每次想起她的時候，心中的某個角落都會透出明亮的光芒。在隆冬的公車站一邊瑟縮發抖時、在公司忙得不可開交時，只要想起那個城市，就會令我的心溫暖起來。我會自然而然地回顧起在那裡幸福的我。那是會令我扳著手指頭，一天一天地數著什麼時候能有機會再造訪的城市，也是一座象徵著「光」的城市。相反地，有一個每次想起，都會讓我喘不過氣的城市。會讓我想當時不該那麼做、可以不必在那裡做這些事，我為什麼會這麼傻，每次想起來都會被後悔給淹沒，想要回到過去重新開始的城市。對我來說，那是一個像「債」一樣的城市。還有一個很罕見的城市，在我心中從光之城變成債之城，那就是義大利的維洛納。

深夜從德國出發的列車，在清晨剛過五點沒多久，把我送到了維洛納。對我來說，維洛納不是羅密歐與茱麗葉的城市。只是一個知名、高消費，抵達之前令我緊張不已的城市，一個要搭兩個小時的火車才會抵達威尼斯的城市。我身上沒有什麼錢，只能連續三天小口小口地吃著市場買來的那條長棍麵包，為了可以住一間便宜的旅社到威尼斯去走一遭，便帶著滿心的恐懼在維洛納下了車。

是的，那是我這輩子第一次踏上義大利的土地，我非常害怕。心中沒有任何一絲喜悅，從頭到腳都被害怕給包圍。因為一直以來，我都不斷聽說一眨眼的時間，旅行資金就會被騙光、手錶都會被搶走，或是跟著扒手跑到巷子裡，結果巷子裡有更多的扒手把人洗劫一空等等，跟義大利扒手有關的各種傳聞。

我把巨大的背包拉得更緊，走出了天還未亮的維洛納車站。連一張地圖也沒有，該往右還是往左，我完全沒有頭緒。最後我隨便決定要往右走，走著走著便看見一間加油站。那個清晨，加油站是唯一還亮著燈的地方。猶豫了許久，最後我決定走進加油站。一位個子很高、眼睛很大的黑人大叔緩慢地站起身來。

「那個……我才剛到這裡，想請問要到維洛納市區的話，是往這裡走嗎？」

「對，是這邊沒錯，在前面的十字路口左轉，繼續直走就會看到廣場了，那裡是維洛納的市中心。」

「好，謝謝。」

聽從親切大叔的建議，我過了馬路後就往左轉。突然，眼前出現一整片風格類似，但顏色不一的房屋。橘色、紅色、粉紅色、黃色。五彩繽紛的房子前面，停放著五彩繽紛的汽車。因為實在太美，我也忍不住驚呼了起來。那種美是在其他國家不曾見過的形式，是最符合我個人喜好的美的型態。街邊的巨大綠色垃圾桶上畫著五彩繽紛的圖案。我很自然地拿出相機來拍下那個垃圾桶，也拍下建築物還有看板，全部都一起用相機記錄下來。

我完全沒有吝惜底片，用傻瓜相機不停地拍著維洛納的景色。義大利的風景原來是這樣，所以大家才會這麼嚮往義大利，我驚嘆連連。當時人煙稀少，街道打掃得十分乾淨，太陽才剛剛升起，受到陽光照射的白雪閃閃發亮。世界上竟有這樣的地方存在，真是令我不敢置信！我立刻把扒手的事情忘得一乾二淨。因為我抵達了全世界最美的城市。

我讚嘆著路上各式各樣的事物，突然看見了一間開著門的旅館。我完全不顧面子，走進那間旅館要了一份維洛納的地圖。確認自己現在在哪、青年旅館的位置在哪之後，我再次踏上路途。人煙稀少的維洛納，讓我感覺一切都屬於我，但我真的沒有時間再逗留了，加快腳步找到青年旅館、放下背包後，我以更快的速度走回火車站，為了去威尼斯。

花了兩個小時，終於抵達了威尼斯，那是連一臺汽車都沒有的城市。計程車、救護車、郵務車，全部都是「船」，這一點真是令我驚訝不已。面海的聖馬可廣場、聖馬可教堂的金色裝飾、街頭巷弄中五彩繽紛的顏色，連接每一條巷子的小橋，都令我止不住驚嘆。不知不覺夜幕低垂，我得趕快回到維洛納。我的住處、我所有的行李都在那，我倉皇地搭上開往維洛納的火車。

又是同樣的旅程，深夜時分，我重返今天清晨才抵達的維洛納火車站。這次我毫不遲疑地右轉直走，經過早上那間加油站、那間旅館、市中心，結果還是迷路了。居然在夜晚的義大利街頭迷路，白天的義大利出乎我意料地安全，但晚上的義大利我實在沒有信心。我確實是迷路了，但也無法拿出地圖來查看。畢竟拿出地圖，就代表我將成為犯罪者的目標。不斷梳理著記憶、徘徊在每一條巷弄裡，真的令我快要崩潰。因為雖然我全身都能感受到恐懼，但在夜晚的維洛納在我眼中卻是如此美麗。

那是個人們都站在酒館前的黃色路燈下，拿著酒杯聊天的夏夜。我想找路、也想加入那幅美麗的景色，但又很害怕。別人看起來都很平靜，只有我不知道在做什麼，我依舊沒有拿出地圖的勇氣。這些情緒和想法在我腦海中來來去去，我覺得自己像個瘋子。但真的不能再這樣徘徊下去了，因為已經接近青年旅館關門的時間。我深深地吸了口氣，靠近一個看起來最親切的人。與我窮酸的穿著不同，那是一對符合我印象中有型的義大利人、穿著西裝與洋裝的情侶。他們立刻發現我的困難，很熱心地看了地圖，然後告訴我該怎麼從那裡走到青年旅館，那時我才終於感到放心。

隔天早上，我又再度想起這個美麗的城市。要不要在這裡多停留一天？這確實是個沒有任何計劃的背包客會有的想法。但我心中還有更多野心，想在短時間內踏遍更多不同城市的野心，令我背上沉重的背包，每天都在不同城市徘徊的野心。最後我決定：沒有非去不可的地方，更沒有繼續停留在這裡的理由，所以毅然決然地離開這個城市。我冷酷無情地拋棄了用盡全身的力氣，讓我第一次見識到何謂城市之美的城市。所以維洛納對我來說，一直像一道光，也像一筆債。每當聽見「維洛納」這個名字時，我都會同時想起幸福的、慌張的、冷酷的我，感受十分複雜。於是，我又再次前往維洛納，但那已經是睽違十六年之後的事了。

這十六年來，我有多少改變呢？我像十六年前一樣經過那間加油站，抵達了預約的住宿地點。這次住的不是十六年前的八人房，而是我和老公的雙人房。放下行李之後，我不像當年那樣連續三天吃著同一條長棍麵包，而是一派輕鬆地走進旅館的餐廳吃飯、喝咖啡；我也不像十六年前那樣，會因一個垃圾桶而感動。但當我面對維洛納的黑暗也不感到慌張時，確實是令我感動。我走在深夜點著微弱燈光的河邊，帶著微笑看著跟當時一樣站在巷子裡喝酒聊天的人們。夜愈深，街頭就愈吵鬧。愈來愈多人加入喝酒的行列，有時候還會高聲唱歌。巷子愈來愈熱鬧，人們也笑得愈開心。其實不需要那麼害怕，我輕聲地對十六年前的自己說。這裡有這麼多好人，我輕拍著十六年前自己的肩膀。我靜靜地走在維洛納夜幕低垂的街上，將十六年前的自己帶回住處。不靠任何地圖，也沒有一絲恐懼，心裡只有無限的美好光芒，就像還清了我欠維洛納這座城市的債務。

外頭一直喧鬧到深夜，但我依然能夠安穩地入睡。那晚，維洛納在我心中徹底地成為光的城市。

小小的不幸

一睜開眼我就有一種感覺。直覺這傢伙總是很可靠，他會瞬間完美掌握我所在的地方、我有多少時間、我身處的情況、整體的氣氛等等。然後對我說：「妳，今年完蛋了」。不是一天，也不是一個月，而是一整年都完蛋了。我完蛋了。欸，其實是酒，是那該死的酒。我喝了一整年的酒。再說一次，我打從心底認為，完蛋的不是我，是酒。

直覺總是對的。那天正好是一月一日早上。我不是在別的地方，而是在葡萄牙。也就是說，一月一日早上，我在葡萄牙南方的拉古什度假，但前一天真的喝太多了，所以頭痛欲裂，整個人口乾舌燥。我帶著無限的自責與懊悔，一邊回想自己前一天究竟喝了多少，一邊讓自己清醒。好不容易睜開眼，卻還一直躺在床上，腦袋也轉不太動。睏意、頭痛與宿醉如排山倒海而來。宿醉總是能獲得最後的勝利。於是我就在如波濤般不斷打來的宿醉感之中，開始回想昨晚的事情。

一開始明明很浪漫。為了度過一年的最後一天，我們好不容易抵達葡萄牙的渡假聖地，自然不可能不浪漫。在這陌生的城市度過一天的時光後，我們走進一間陌生的酒館。客人只有老公跟我兩個人。我們各喝了杯小酒準備起身，但年輕的調酒師拉住了我們。

「你們明天要做什麼？」

「明天？十二月三十一日嗎？」

「對，如果還會繼續待在這，就來我們這邊吧，我們要開新年派對。」

很好。在這個浪漫的城市，這是再好不過的即興邀約。我們要做的事情只有一件，那就是欣然地接受邀請。於是我們很快回答：

「太好了！我們明天會再來！」

以上，就是我十二月三十日的記憶。但為了解釋現在這可怕的宿醉感，還需要十二月三十一日的記憶，我真的迫切希望回想起那天發生了什麼事。所以躺在床上的我，開始努力回想十二月三十一日，也就是前一天晚上的事情。十二月三十一日，一年的最後一天。我們不可能一整天都帶著迎接新年的興奮心情，於是到處閒晃，就像平常一樣，就像其他十二月裡的平凡日子一樣。更正確地說，是彷彿今天一點也不特別一樣。我們喝咖啡、讀書，太陽下山之後，再到一些值得留念的地方去，然後開開心心地走進某間酒吧。亞歷山大。酒吧的老闆叫做亞歷山大。要很刻意地捲舌，用誇張的發音說出亞歷山大。他是一位受不了一板一眼的德國，所以逃到葡萄牙的德國青年。他長得像傑克布萊克，個性也和傑克布萊克有些相似，是一個感性到讓人無法相信他是個德國人的老闆。

我想酒鬼都有偵測酒鬼的雷達吧。無論是東方人還是西方人、英國人還是韓國人，總之不分人種、國籍，酒鬼總是可以認出酒鬼。我的意思是說，亞歷山大他認出了我們是酒鬼。他問我們說：「一杯啤酒？」我們毫不遲疑地點點頭。瞬間，我們面前就出現一個比一般生啤酒杯更大，相當於巨大果醬罐的酒杯。每一個客人都看著我們，對這兩個來自東方的酒鬼客人豎起大拇指。那是一年的最後一天，我們輕輕鬆鬆地就和鄰座的爺爺、前座的重金屬狂熱男成了朋友。不需要多說什麼，只要笑著跟所有人乾杯。

到這裡都還很正常。十二點之前我們起身離開，前往昨天邀請我們的那間酒館。慢慢地爬上山坡，走進昨天那間酒館，我們跟調酒師打了聲招呼。

「兩位真的來了耶！」

「當然啊，我們打算在這裡迎接新年。」

我們又點了杯酒，看了看四周，感覺有點奇怪。好像來到不該來的地方，那間酒館裡的人，大概都二十歲左右年紀。但因為我們這兩個三十多歲的傻瓜，瞬間拉高了平均年齡。氣氛也因為我們瞬間冷下來。可能是年紀大了也比較會察言觀色吧，我們真的被所有人冷眼看待。

那是跨入新年的前三分鐘。我小聲地對老公說：

「我們好像不應該來這裡迎接新年。」

「對啊，走吧？」

「要回剛才那裡嗎？」

我們很快起身，迅速結清酒錢。只剩一分鐘而已了。然後我們飛快地打開酒館的鬥，開始狂奔。往山坡下衝衝衝衝衝衝衝去。用學生時代跑一百公尺的那種氣勢，甚至跑得比當時還更認真、更熱情。我們要回到早就已經失去理性的亞歷山大的懷裡！回到那個看著我們一直笑個不停的爺爺身邊！

「Ten!」那一瞬間，我們……「Nine!」……打開了亞歷山大酒館……「Eight!」……的門，「Seven!」大家看著我們，「Six!」歡迎我們，「Five!」亞歷山大很快……「Four!」……倒了兩杯酒，「Three!」然後摸了摸鬍子，「Two!」從口袋裡掏出打火機，「One!」他在酒杯上點燃了火，「Happy New Year!」

酒館裡所有人開始用吸管狂吸熊熊燃燒的酒，接著為了要祝對方新年快樂所以繼續點酒，開心的亞歷山大又在酒上點火，那些人覺得很有趣，所以我們也繼續點酒、不斷點酒，就是一直一直點酒，最後想著再點一杯就好……就這樣，一月一日的早上，我在葡萄牙拉古什像一灘爛泥般地醒來，我的天啊。

我一路睡到下午，睡覺時也覺得很痛苦。宿醉讓我很難受，一月一日就要跟宿醉奮鬥，更是讓我覺得失望又難過。真的很難甩開這種新年近乎全毀的罪惡感，但結果是什麼？那一年根本沒發生什麼大事。不，正確來說，那一年充滿著各種好事。什麼一月一日犯錯，就會懲罰你一整年的神，根本就不存在。

最近我總是會想起在拉古什度過的那一天。特別在感覺好像搞砸什麼事情的時候。錯過地鐵、錯過要轉乘的公車，最後以一分之差無法倖免於遲到的時候。有不吉祥的預感，似乎一整天都無法正常運轉的時候，我就會想起拉古什的一月一日。然後我會對自己說：不需要因為這一點小事，就毀掉今天一整天。就像在拉古什度過荒謬的一月一日，不能用來判斷我一整年的運氣。然後我要盡快把這小小的不幸給送走。神奇的是，只要這樣想，我通常都可以過上還不錯的一天。所以其實一點關係也沒有。這個世界，其實並不是由這種鬆散的因果關係所組成。現在我們是不是也不該再像小學生一樣，用水肥車來預測當天運勢了呢？世上所有的不幸啊，就在這裡結束吧。我今天也會平安無事。

過度沒效率

1

為什麼會突然把注意力轉到那邊呢？我明明是為了看指揮家張漢娜才會去演奏會現場。看到屏氣凝神演奏著大提琴的小張漢娜之後，我就迷上了她，成為她的樂迷直到現在。居然能有機會看到像當時一樣專注、熱情地指揮樂團的張漢娜！但真正引發我興趣的，其實是銅鈸。銅鈸手在演奏的過程中一直沒有動作，弦樂演奏者們忙著拉弓、管樂演奏者不斷吹奏著樂器時、張漢娜擦拭著從額際留下的汗水時，銅鈸手都沒有動作。

一開始我在想，沒錯，幾乎沒有什麼曲子會讓銅鈸手很忙。銅鈸畢竟是為了樂曲高潮而存在的樂器，所以我開始注意起其他的樂器。那首曲子超過一個小時，所以交響樂團配置的樂器也很多，但我的視線總是會飄回銅鈸手身上。為什麼他都沒有動？我開始焦慮了。那個人什麼都不用做，只要坐在那就好嗎？還是他錯過了動作的時機呢？該不會真的是這樣吧？

曲子開始幾十分鐘之後，銅鈸手才終於從椅子上站起來，把手放到樂器上。然後在樂曲的高潮處，銅鈸手終於、好不容易、真正地發出了「鏘！」的聲音。就這樣沒了。只有一次的打擊，為了這一次的發聲，他花了一小時二十分鐘等待。就我來看，這真的很沒效率。

但後來我才知道，那天聽的〈布魯克納第七號交響曲〉本身就很有名，而最出名的就是那僅此一次的銅鈸聲。甚至有評論家表示「布魯克納樂曲中的一次銅鈸聲，可以和布拉姆斯交響曲裡的四次銅鈸聲相抗衡」。雖然我很懷疑音樂是否真的能用這種算術來衡量，但總之對有些人來說這很沒效率，但對有些人來說，那確是決定性的瞬間。

2

我去看了國立當代舞蹈團的〈饗宴〉演出。那是一場連續好幾年創下「所有場次、所有席次售罄」紀錄的表演。看過的人都帶著一副陷入幻境的表情，異口同聲地推薦我去看。於是我上網搜尋到底是怎樣的表演，結果令我瞠目結舌。只看了幾張照片，就讓我產生「不行，我一定要看這個」的想法。整個舞臺就像一幅畫，每個動作、每一套服裝都完美結合。

演出開始了。我該怎麼形容這個表演呢？眾多的舞者聚集在此，在名為舞臺的畫布上，畫出一幅又一幅不同的畫作。穿著白色服裝的舞者，在舞臺上畫完一幅水墨畫之後，穿著草綠色服飾的舞者，便敲打著長鼓，毫不遲疑地穿越過整個舞臺。那驚人的視覺圖像、聲音與動作充斥著整個舞臺，但我卻突然注意到那些長長圓圓、滿布整個舞臺的線。那些線是什麼？該不會那塊圓形的地板會轉吧？但到了第十個表演結束時，那個圓依舊沒有動靜。不過就在第十一個表演開始的瞬間，那個圓轉了三百六十度，我吃驚地張大了嘴。

那個圓上頭，放了一整排、數十個五鼓舞鼓組。穿著黃色韓服長裙的舞者們，敲打著鼓在舞臺上轉動，鼓橫向排成一列佔滿了整個舞臺，瞬間又轉成縱向變成一個小小的點。前排舞者的鼓和後排舞者稍稍重疊又分開，舞臺每一刻都在變化（上網搜尋「饗宴五鼓舞」的圖片，可以更快了解我在說什麼）。

是誰？哪個天才提出了三百六十度舞臺的想法？前十個表演都沒用到，只為了這一個演出而架設這個舞臺設備，究竟是哪個藝術家主張要這麼做的？或許有些人說這很不符合效益，但我很想知道大膽決定投資這個設備的英雄，到底是誰。一個陌生人的想法、執行那個想法的人，他們的勇氣變成舞臺上超乎想像的景色，我幾乎要哭了出來。那一刻，我想起布魯克納的銅鈸。

3

布魯克納的銅鈸。對我來說，是沒有效率的象徵。但到底要談什麼效率啊？面對音樂、面對藝術，我們會期待這些領域的人士追求效率嗎？我對於認為「如果只有這一次銅鈸聲，那不必特別放一個銅鈸手也沒關係吧」的自己，跟「到底是有多少地方會用到，才特別設計了這個旋轉舞臺」的自己，感到非常無知又慚愧。貝多芬的音樂、魯奧的畫作、韓江的小說、白建宇的演奏與黃寶鈴的歌聲，這些美好的藝術，將我從泥沼中拯救了出來，讓我得以繼續活下去。這些跟效率一點關係也沒有的東西，讓我能夠繼續活在這個世界上，但我居然在這些領域講究效率？

如果要把《安娜．卡列尼娜》這本分成三冊的書，以更有效率的方式出版，那麼劇情就會濃縮成只剩下「外遇的女人最後自殺」這樣一句話。如果要有效率地把《異鄉人》濃縮起來，那應該會是「在母親的葬禮上沒哭的男人，最後被判死刑」吧？貝多芬的命運交響曲，也可以濃縮成「Bam Bam Bam Bam」就好。既然要這樣濃縮的話，所有的音樂其實都可以濃縮成「Do Re Mi Fa So Ra Si Do」吧？

4

我還記得大學時上的某一堂課。三十個人申請，最後有超過一半的人棄修。但我為了要畢業，不得不修那堂課。因為那堂課，讓我整學期像置身地獄。因為真的一句話也聽不懂，我沒有誇大其詞。明明是哲學課，但聽起來卻像數學，課堂上充斥奇怪的字母與符號，打瞌睡是我上那堂課時唯一能做的事。那天，我也在一堆難解的符號面前不斷打著瞌睡。但老師在那堂課的最後，放下粉筆說：

「今天，我們要來探究『零存在的可能性』。」

零存在的可能性？零不是存在在那裡嗎？我們每天都在用、都在看的零耶！但這世界上真的就是有這種學問。也有人看著那些證實「零存在的可能性」的符號，不知不覺陷入那樣的美麗之中，最後一輩子奉獻給那門學問。若要計較效率，那我想這就真的是零效率吧。但哲學真的零效率嗎？如果以這種思考方式來看，那大學就應該要廢除哲學系、文學系、史學系。就是有一些人，一定要把世界變得這麼冷漠才會善罷甘休。

5

這世界上有著因為無法掌握、不能理解，或是沒能全部理解，而令人感覺更加美麗的事物。在只想用效率來評價一切的世界上，這些事物以十分沒有效率的形式留下來，真的令人感激萬分。歷盡千辛萬苦才讓我們更有人性的，其實正是這些沒效率的事物。在這個過於輕易、過度頻繁、有意無意地以效率來評估一切的世界，有些人為了僅此一次的銅鈸等待超過一個小時，有些人為了一瞬間的美麗而讓舞臺旋轉，也有些人為了證實零存在的可能性、為了提出宇宙誕生的假說，或是為了用一句話拯救我們而徹夜不眠。一想到這些，我就覺得放心了一些，也溫暖了一些。

時至今日的「時至今日」

有些人應該很清楚，其實這本書是從報紙連載專欄開始的。報社請我為專欄取一個名字，而我很莫名地，真的很莫名地想起了「時至今日」這個字眼。叫「時至今日」好像不錯。我想這個專欄名稱，似乎可以涵蓋我的日常生活、我關注的事情。就這樣，在全國發行的報紙上，大大地寫著「時至今日」這個名稱，人們便會開始好奇：「『時至今日』是什麼意思？」大部分的人都在問這個詞的意思，只有一個朋友提問的方式不一樣。「時至今日是標準話嗎？」那是浦項老家的朋友。

很抱歉讓那位朋友失望，「時至今日」這個說法其實是來自浦項的慶尚道方言，慶尚南道似乎也有相同意思，但不同發音的講法。總之，解釋得白話一點就是「太遲」的意思。不過「太遲」比較接近我們的口語，我想要表達的意思還是用「時至今日」來傳達比較正確。這個字的發音和語氣當中，含有更多「為何到現在才……」或是「都現在了還想怎麼樣」的意思。正確的使用範例是：「臭丫頭，時至今日還想怎樣？」我認為這句話可以完整表達我的一生。

那是我在填大學志願時的事。當時我毫不猶豫地填了哲學系，大概是因為小阿姨很認真學哲學的關係吧。不過受到別人的影響做出重要決定，這話說出口感覺很沒面子。所以我捏造了一個理由，說是「哲學是一切學問的基礎」。哈！什麼學問的基礎！哲學又不是什麼九九乘法，也不是什麼重力的原理，都讀了十二年的書了，怎麼時至今日才說要找學問的基礎？

果不其然，我很快後悔自己選擇了哲學系。只是要研究哲學，為什麼要喝這麼多酒？為什麼要做這些有的沒的？能考上這所大學，應該也都是程度不錯的學生，但為什麼讓人這麼失望啊？硬要說是大學生活讓我失望，不如說是因為我沒辦法適應學校，只是當時我不知道。所有大學生都會以新生入學、以新學期開始或以天氣為藉口，在三、四月瘋狂喝酒、瘋狂嘔吐，像是在競賽一樣做一些瘋狂舉動，而當時的我並不知道這些。

我只覺得自己對哲學很失望，只念了一個學期，更別說要學什麼、要了解什麼了。所以我決定重考，還撂下狠話說「這該死的主修我讀不下去了。」

當時我想，我得去商學院。當時我覺得不能去學讓人沒飯吃的東西，要學一點可以賺錢的東西。暑假第一天，我便打包行李，信誓旦旦地說絕對不會再回學校，就回大邱去了。接著我立刻報名重考班，正好我去重考班的第一天，就是模擬考的日子。因為整個學期都在喝酒，所以本來以為我已經把什麼根公式、重力加速度的原理都忘得一乾二淨，但沒想到成績還勉強可以。我畢竟是在首爾讀大學的人，重考班的男生看起來都不怎麼樣；當然，在他們眼中我也不怎麼樣就是了。既然我們都對彼此沒興趣，那這就是最適合讀書的環境。當時，大邱在地的棒球隊三星獅打進了季後賽，最後還獲得了年度總冠軍。每天晚上所有人都擠在電視前面看比賽。對不懂棒球的我來說，這是個很適合讀書的環境。

考試結果很成功，但我的成績還不足以上商學院。我真的想去商學院嗎？其實好像也沒有真的很想。去商學院就真的能賺到錢嗎？這我也沒有信心，但也沒有別的辦法了，因為我離開學校時，口口聲聲說要讀商學院。我沒有勇氣去填別的學系。勇氣？沒錯。當時我不知道其實根本沒人在乎，但我卻誤以為大家都記得我說的話，所以我覺得自己該為說過的話負責，總之我硬著頭皮填了企管系，最後當然是落榜了。

時至今日我才開始徬徨。那年冬天，我去了一趟海雲臺，我靜靜坐在那，看著冬天的海雲臺，然後回到大邱。那時，我就像我覺得很沒用的那些前輩一樣喝酒。答案只有一個：就是回到原本的學校去。光想都覺得很丟臉，我是不是要說「仔細想想，不賺錢好像也沒關係啦」？還是說「果然學問還是要從基礎開始學起」會比較好？還是乾脆閉嘴什麼都不說最好？

於是我又回到首爾，像什麼事都沒發生一樣開始找房子、像什麼事都沒發生一樣重新成為大學生，也像什麼事都沒發生一樣，重新回到課堂上。第一堂課是哲學系的課，好像是「了解哲學」還是「哲學的基礎」，總之是為了根本不了解哲學的人所開的基礎哲學課程。上完那堂課出來，我打電話給我媽。「媽，我覺得哲學好像很適合我！超有趣！」媽一直靜靜地聽我說了好一陣子，然後才開口，她只說了一句話。「妳不是因為討厭哲學所以才去重考的嗎？」

對啊，我總是後知後覺。大家都已經知道的事情，只有我一個人後知後覺。如果早點發現的話，那就不需要浪費這些時間、這些金錢了。一定要撞個頭破血流，我才會後知後覺地發現這裡有一道牆，要繞路走。但幸好我有一種才能，是能夠說服自己「至少我現在想通了。比起後悔一輩子沒去做那件事，即使失敗，也還是有嘗試過，好像也不是壞事」。既然已經失敗了，那責怪自己又有什麼用？我就是那個總是會用「下次別再這樣就好啦」來美化失敗的人。

日本鐵道廳有一句文案是：「沒有冒險過，就無法成為更好的大人。」所以即使為時已晚，也要試著挑戰一次；即使時至今日才終於領悟，也要去嘗試一次。面對過去無數的失敗，我依然秉持「時至今日」的原則，因為我們依然需要更多冒險。因為我們必須成為更好的大人。

神奇的鏡之國

我媽媽是鋼琴老師，從小學到高中，我下課後就會到她的補習班報到。無論再怎麼晚，都有人在那裡練琴。我總是在鋼琴聲的陪伴下寫作業、跳橡皮筋、吃飯、睡覺。那裡對我來說，就像是另一個家，有時候則像另一個學校。我在那裡度過無數的時光，我也記得許多學生，其中有一個總是讓我想起「鏡子」的朋友。

她跟我同年，想要報考音樂系，她總是會在樂譜前面擺一個手鏡再開始彈琴。練習一次、看鏡子一次，這是她的習慣。雖然她很嬌小、長得很可愛，但真不知道她那巴掌大的臉究竟有什麼好看，每彈完一曲她就會看一次鏡子，從來沒有例外。即使考試的日子漸漸逼近，但她依然沒有放棄對鏡子的堅持。或許考上大學之後，她的願望就是盡情看鏡子看個夠吧。這微小的願望，真的很適合這麼可愛的她。當然，那是我難以想像的願望。

沒錯。無論是當時，還是那之前，還是很久很久之前，我都不喜歡照鏡子。現在照鏡子也讓我很不自在。因為人都不太會變，除了早上起來化妝的時候之外，我一整天都會離鏡子遠遠的，包包裡自然也不會放鏡子。同樣地，我也不會自拍。

或許你會認為我是很不滿意自己的長相，但其實也不是這樣。我就是一個長這樣子的人，開整形外科診所的親戚，曾經建議我要不要做個微整形或動個手術，我斷然拒絕。雖然我對自己的外表沒什麼自信，但也沒有超級自卑。不照鏡子，其實並不是因為外表，而是因為照鏡子去注意自己外表這件事，讓我覺得很不好意思。你可能會好奇這有什麼好害羞的，但我只能說我覺得很不好意思，除此之外我也給不出什麼像樣的回答。就像網路漫畫〈Acoustic Life〉所說的，鏡子好像可以映照出我的內心。「被別人發現我刻意想讓自己好看，真的丟臉得要死。」

但雖然包包裡沒有放鏡子，我卻擁有一面超高性能的鏡子。不是一面，是一百面。不是一百面，是三百六十面。因為功能太強大了，所以讓我很頭痛。這些鏡子二十四小時三百六十度全方位監看著我，對我說「這件事妳做錯了」、「妳居然說出這麼蠢的答案，對妳好失望」、「居然說出這種玩笑」、「又來了……又來了！又這麼感情用事了！」不斷對我品頭論足。因為這該死的鏡子，當大家都在興頭上的時候，我卻自己一個人正襟危坐；因為這該死的鏡子，我無法及時說出該說的話；因為這該死的鏡子，我成了一個超級無趣的人。

那是大學時的事。朋友們都喝酒喝到茫了、醉了，只有我醉不了。因為那該死的鏡子不斷監視著我。當時我光是想像在別人面前喝醉，就會變得像喝到斷片的人一樣茫然。但我很好奇，超級好奇，我喝醉之後究竟會變成什麼樣子？會說出多少廢話？是會直接睡著？還是會很誇張地突然吐露真心？我很好奇，當鏡子消失之後，我會做出什麼事？唯一可以確定的是，在喝酒這方面我遺傳到爸爸。我媽只要喝了一小口啤酒就會立刻睡著，但爸不是，於是我決定相信老爸的基因，展開一場實驗。

前輩、朋友和我，我們三個坐在學校前路邊的長椅上，拿著一瓶燒酒。無論是當時還是現在，我都不知道我們為什麼要選那個地點。總之就是在那裡碰面，然後我喝了酒，只有我喝酒。那裡就是要測試我酒量的地方，所以只有我喝酒。一整瓶燒酒，我一乾而盡，前輩跟朋友都為我鼓掌，現在只需要觀察我會變成怎樣就好了，觀察開始。那一刻，我的鏡子也開始觀察自己。「就來看看妳會變成怎樣吧，好啊，來試試看吧。但妳真的有辦法放下包袱嗎？有自信讓這些人看到妳的醜態嗎？」

我突然站起來，手裡拿著包包，然後以九十度鞠躬說：「我要回家了。」

接著我轉身拔腿就跑，飛奔回租屋處。一定要在我醉倒之前回到家，我不能在街上讓人看到我的醜態。我噠噠噠地跑著，終於抵達家門前。噠噠噠噠噠噠跑上了樓梯，終於回到我的閣樓套房門前。一開門進到房間，我立刻躺到床上，然後立刻睡著了。對，這個清除鏡子大作戰，就這樣失敗告終。

當時我覺得很無奈，覺得只能接受這個現實，我認為這是命運的試煉。人們心中多多少少都有一個假想的鏡子，只是我心裡的鏡子比較多而已。我決定用這種方式說服自己。我讓自己相信雖然數量不一樣，但每個人都有各自的鏡子。幻想每個人都會不斷反省自己，只是程度不一罷了。所以我養成了每當看到別人做出奇怪的舉動、說出奇怪的話時，都會這樣想的習慣。「後來想想，真的很不好意思……」、「下次那個人會怎麼看我們」。我用自己的標準（在別人眼裡看來可能是超級天真的標準），來看待其他人。

某天，開完會之後，我對同組的同事說出我的內心話。

「那個人都不覺得丟臉嗎？」

「為什麼要丟臉？」

「他今天根本就是在我們面前，說他自己很無能啊。」

「他應該完全不這樣想吧？」

居然完全不這樣想？我從沒想過有這個可能性。我對鏡子的信任感，開始一點一點地崩塌。雖然難以置信，但我面前偶爾還是會出現心中沒有鏡子的人。明明就是自己的錯，但卻認為自己最無辜，率先啟動對別人的防禦機制。在這樣的狀況下，最先想到的居然是保護自己。人類真的是……那些即使濫用權力對別人造成困擾，但還真心認為這樣能幫助到別人的人，我是真心想為他們拍手，居然能夠合理化自己的所作所為到這個程度，這應該也算是一種才能。當然，我是絕對不想再遇到這種人啦。

我想遠離那些心中有一面扭曲鏡子的人。過度誇大自己、過度吹捧自己能力，強迫別人接受這樣扭曲的他。而心中擁有一面破碎鏡子的人，也讓人很有壓力，無論你再怎麼說沒關係，他們也都會用那面破碎的鏡子重新詮釋那番話。他們總是可憐兮兮地望著自己在那面鏡子中破碎的模樣。有一面過度高估自己的鏡子，不能容忍一點小瑕疵的人；有一面巨大的鏡子，總是自信滿滿的人；有一面只在乎金錢的鏡子，用金錢衡量全世界的人，也都讓人不願意與之相處。我甚至想對那些沒有鏡子的人說：

「不好意思，要我借你一面鏡子嗎？」

雖然我把自己的鏡子講得很正常，但不知道別人究竟如何看待我的鏡子。如果在別人看來，我也是個帶著一面很扭曲、破碎、太大、太小的鏡子，成天在外頭走跳的人怎麼辦？只希望別人不要這樣想。

新手女性主義者

我曾經負責一個化妝品牌。那大概是三到四年前的事了。那是個使用族群介於十多歲到二十歲出頭的便宜品牌，所以必須配合他們的ＴＡ撰寫文案。平常我喜歡真摯、堅決的文案，但突然要寫輕鬆機智的文案，讓我懷疑起自己是不是真的已經從事這行超過十年。雪上加霜的是，平常就不怎麼愛打扮的我，真的沒有任何靈感。我急急忙忙地請在公司上課的大學生幫忙，也跑去請其他組的實習生幫忙。就這樣折騰了好一陣子，好不容易完成了十幾個文案。組長也好不容易接受這些辛辛苦苦擠出來的文案，我鬆了一口氣走出會議室，這時組長說：

「也讓其他人看一下這些文案吧，看看會不會有什麼問題。」

因為是化妝品廣告，所以一定會有很多提及外表的內容，他交待我要檢查看看有沒有什麼自以為有趣，但其實已經越線的內容。我把這些文案拿給身邊對這個議題特別敏感的人，幸好他說好像沒什麼問題，其他人也大多覺得有趣。本以為自己的辛苦有了回報，但其實最後我什麼都沒有得到。因為廣告主最後決定不推出這個廣告。

我不太會去想起過去曾經執行過的案子。正確來說，應該是我想不起來過去曾經執行過的案子。因為光是要記得現在正在執行的案子，我的腦容量就已經趨近於飽和了。而最近那個化妝品專案，竟然能戰勝這差勁的記憶力，突然出現在我腦海中。現在一想起那時辛辛苦苦寫出來的文案，我就渾身發麻。我甚至還打開當時的專案資料夾，讀當時寫的那些文案，一邊讀一邊覺得頭皮發麻。不誇張，真的是這樣。如果這文案真的廣告出去……我實在不願想像。我甚至覺得，應該對決定不推出這個廣告的廣告主行一個大禮。那個廣告文案，是很明顯的性別歧視。（雖然不忍心，但還是只能寫出來。）廣告商、我、出點子的大學生、檢視這個文案的人全都是女人，但我們都在下意識中評論著他人的外表，催促著大家打扮、和身旁的女生比較，身為女人的我們，自然且毫不遲疑地自己貶低著自己。居然到了現在才發現這件事！而能有機會認識到女性主義，進而讓我意識到這一點，讓我覺得自己真的很幸運。

老實說，我真的徹底誤會「女性主義」。大一的課堂上，上課前站在講臺上大喊「誰有衛生棉」的人，就是我對女性主義的印象。為什麼要這麼大聲問這種事？為什麼一定要站到那裡去問？為什麼一定要在男生面前？為什麼要在教授進來之前？因為我知道她平時就很熱衷女性人權社團，所以更加深了這樣的誤會。我擅自認定那個社團都在從事一些很激烈的事情，覺得她們聲音很大，有時候也覺得她們偽善。嚴格來說，我當時誤以為女性主義本身就很激烈強硬，只會高喊空洞的口號，而且偽善。

這個想法自一九九九年起持續了很長一段時間，終於在去年我們負責一個專案時，讓我了解到這想法有多離譜、多扭曲、多無知。第一場會議上，廣告主提出了「女性主義」。

「我想向社會廣告女性主義。」

「長期來看，這是個很棒的想法。」

我在廣告主面前裝成一副什麼都懂的樣子，假裝自己對女性主義很有興趣。但離開會議室之後我開始焦慮了。雖然在社群上接觸到很多跟女性主義有關的議題，但我大多都只是隨便看過。市面上出了很多跟女性主義有關的書，但我從來沒讀過任何一本。像我這種無知的人，居然要做女性主義專案？廣告主特別強調說，希望能簡單闡述女性主義，讓躺在沙發上看電視的人都能有共鳴。太困難、太複雜的話，一般大眾就不會有興趣。於是我去借了跟女性主義有關的書來看。我讀了《82年生的金智英》。原本只是隨便看看的推特，現在也開始認真看起相關資訊，還看了很多女性主義的網路講座、大眾書籍。

最先扭轉的，是我對一九九九年講臺上那位朋友的形象。那位朋友和女性主義一點關係都沒有，雖然我還是覺得她的行為讓我感到不適，但那並不是女性主義的錯。第二個打破的既定印象，是我認為女性主義和我一點關係也沒有的冷漠思維。性別歧視的根，已經深入到那些對我們來說空氣一樣熟悉，所以從來不曾思考過的地方。就連我自己，也時時刻刻都在想法的最後加上「因為是女人」這樣的句子，我既是加害者也是被害者。無論是有意還是無意，我都強迫自己應該當個女人。到了那個時候，我才終於明白；也是到了那時候，我才終於意識到三、四年前的那份文案問題究竟在哪。

我心裡感覺很複雜。面對這樣的情況，我究竟該怎麼辦才好？對女性主義的認識很膚淺，說明一些事情的能力也不太夠，我真的做得來嗎？當人們攻擊女性主義的時候，我會說些什麼？我能說些什麼？用我對女性主義的膚淺認知，究竟可以說服誰？不，這明顯不是說服的問題，雖然有時候會讓人很火大，但確實不是光發火就可以解決的事。需要對話、需要讀書、需要觀察社群、需要和人對話。經過長時間的思考之後，在打開《壞的女性主義者》這本書的瞬間，我找到了所有煩惱的解答。

我決定成為一個壞的女性主義者。因為，我是一個集合了無數缺點與矛盾的一般人。我不了解女性主義的歷史，即使想了解，但我主要閱讀的也不是女性主義的歷史發展。我關注的事情，和個人的性向、意見等主流女性主義，可說是一點關係也沒有。但我確實是女性主義者，轉換想法之後，我竟有了一種解脫感。

——羅斯・蓋《壞的女性主義者》

不需要畏畏縮縮地認為「我不懂女性主義」，也不需要猶豫「我可以來談女性主義嗎？」只要相信男人和女人應該獲得同等的待遇；只要相信不應該因為身為女人、害怕遭受不合理的暴力，就不該穿著暴露；只要相信那些像空氣一樣瀰漫在我們身邊的不平等，總有一天可以終結；只要認為其他的價值固然重要，但人才是最重要的；只要你認為有一半以上的人類都在受苦，終結這件事情是首要之務；只要你相信「女人、畢竟是女人、因為是女人、要像個女人」這些想法必須消失。那麼，我們就必須成為女性主義者。即使是對性別的感受度較他人薄弱，面對不合理的事情也沒多說什麼就帶過的我；即使是無法好好說明女性主義、非常無知的我；即使有人會指著我，說我是「壞的女性主義者」，我也想成為女性主義者。雖然我才剛踏上這條路，但我這個新手女性主義者仍想成為女性主義者。

連結與分段

難以置信。我現在在哪？羅馬？我真的難以置信，所以把頭轉向了左邊，那些歷史古蹟就踩在我的腳下；然後我又把頭轉向右邊，遊客們正排著隊要進入聖堂。這幅景象一點也不熟悉，我真的抵達羅馬了。我一整年來都在找可以休假的時間點，不知不覺就把休假排到十二月。遇到每個人我都會說，甚至連廣告主我都通報好了：我到十二月就會消失。但公司完全不考慮我的個人安排，不斷且絲毫沒有停歇地繼續把工作交給我。面對著這堆積如山的工作，組員們總是把「組長如果去休假，那我們怎麼辦」掛在嘴上。雖然每次聽到這句話，我都會說「如果我不在，事情就會給別人了」，但其實最焦慮的人是我。我真的去得成嗎？但我真的神不知鬼不覺地來了。

抵達羅馬的第一天，我一睜開眼就立刻梳洗完畢離開旅館。因為不知道怎麼買公車車票，所以在同一條路上走了好多次，最後在一位壞脾氣大叔指路之下走進了一間咖啡廳。在咖啡廳裡，我們買了咖啡和車票。搭上公車後，我一直看著窗外，那裡的路樹特別高。冬天，樹木的影子看起來特別清晰；但窗外的風景、行人，以及他們的對話，都很模糊。公車穿越那陌生的空氣，載我抵達羅馬市中心。我的旅行正式開始。

首先，我走進附近的教堂。以前我也曾經來過，但卻不知道它有多厲害就直接離開，後來才知道那是米開朗基羅所設計的教堂，使用當時最高級的大理石建造，華麗得令人難以置信。其實我真的覺得不需要這麼華麗，人類侍奉神的方式愈誇張，就讓我對人類的固執愈感到害怕。總之，我離開了那座教堂之後，又走進另外一座教堂。這次是貝尼尼的雕塑在迎接我。我貪婪地一直望著那座雕像。在人類的指尖下重生的大理石，究竟是多麼地柔軟？

見到了米開朗基羅和貝尼尼，現在該去迎接更有名的人了。那就是義大利麵！因為是午餐，所以我只簡單點了胡椒義大利麵，但那真的是我這輩子吃過數一數二的美味。因為真的太好吃，所以每一口我都很珍惜。接著我走路到萬神廟，然後再走進一間教堂，在那裡看到卡拉瓦喬的作品。在書上看過無數次的那幅畫，實際出現在眼前讓我很是激動。出來後又看了知名的噴泉，走著走著，又看到更知名的噴泉。大家都在往噴泉裡丟銅板，本來我也打算丟一個看看，後來還是作罷，因為就連一分錢我都要省起來補貼酒錢！既然想到了酒，我們便走進附近的酒吧，點了義大利火腿、啤酒和紅酒來吃。回程的公車裡，我坐在老公旁邊一直打瞌睡。

真是難以置信，那是一天快要結束的時候，但那天早上的事情，卻感覺像已經褪色的古老回憶。早上還為了一張公車票四處奔波，傍晚已經坐在公車裡熟悉地打著瞌睡。白天發生那麼多事情又怎樣？反正也不可能用一、兩句話就簡單說明清楚。雖然只是用「附近的教堂」、「路過就進去的教堂」來帶過，但我知道在那裡所經歷到的一切，真的是難以言喻的美好。每一刻的經驗都是安靜卻鮮活的，以不同的形式與我接觸。「為了買公車票而徘徊的時刻」、「初次遇見貝尼尼的時刻」、「吃到此生最美味義大利麵的時刻」、「為了尋找美味的冰淇淋，但以失敗告終的時刻」、「無法適應時差，在公車裡打瞌睡的時刻」等等。沒有任何一個我無法為其取名的時刻，所以我的一天才這麼長。

是的。彷彿在旅行的時候，時間才正式開始轉動。與在平凡的日常生活不同，旅行時讓平凡的小事都顯得特別。昨天和今天的樣貌截然不同，明天的樣貌肯定也是無法預期的型態。在日常生活中，我們不需要煩惱就能搭上公車、轉乘地鐵、工作、吃午餐、繼續工作，能夠毫不遲疑地回到家。每天的樣貌都沒有太大改變，時間也因此如箭矢般飛逝。回神一看，常會驚嘆一個月就這麼過了。但現在起，時間不再是連續的，而是分成一段一段。隨著我的選擇不同，每段時間都會有不同的改變。這樣的每一天，才是屬於我的生活。物理上的距離是一回事，但在情感上，我也有一種到遠方旅行的感覺。那樣的時光，讓我們變得更直率。每一天都過著多走、多說、日出而作日落而息的生活。也因此，遠道而來讓我感到值得。

當然，在這一切結束，回到公司之後，我聽到的通常都是：

「這麼快就回來啦？時間真的過好快喔。」

「休假已經結束了嗎？好可惜喔。」

這是理所當然的反應。在這裡，時間是線狀的流動；但在旅行時，每一段時間都是一個獨立的點。以不同的形式、不同大小存在的時間點。所以，如果想好好闡述那些旅行的時光，就需要相當於那趟旅行的時間。想要消化那時光，就需要比那更長久的時間。最後，對這段時間感到最難以置信的人，就會是我。假期已經結束了？我昨天還在旅行耶！這裡是哪？是韓國嗎？我是上班族？就像開始總是突如其來，旅行的結束也經常令人措手不及，絲毫沒有真實感。但我也總是會再踏上上班路，讓自己腳踏實地地度過每一天。為了在現實中創造令人滿意的每一天，我只能繼續費盡心力，一如既往。

今天是旅行的第一天，專屬於我的時間正在我面前列隊。在這段時間裡，就依照我的方式做道美味的料理來吃吧。隨心所欲、依照我的喜好來度過這段時間。這就是身為旅人的我應盡的義務。

在巴勒摩

「期待」對旅行來說既有好處也有壞處。雖然很難簡短說明，但在西西里的巴勒摩旅行時的好處，我可以簡單地講一下。抵達這個城市時，我絲毫不抱任何期待。我忙著探尋西西里的無盡魅力，沒有什麼時間關注巴勒摩。那是西西里最主要的島嶼，也是最大的城市。光是這一點，就已經讓我對巴勒摩有點反感，因為我覺得她一點都不特別。我並不期待她有什麼獨特魅力。當然，這是我在抵達巴勒摩之前的想法。抵達之後，事情發展的方向超乎我的預期。

我該怎麼說巴勒摩這個地方呢？該叫這裡做什麼才好呢？在地理位置上確實位處歐洲，隸屬於義大利這個國家，更精準地來說，是西西里島的一部分，但我無法將巴勒摩完全歸類在任何一類當中。雖然是歐洲，但和歐洲截然不同；雖然是義大利，但卻不像義大利的任何一個城市，甚至充滿著西西里其他城市所沒有的魅力。「地中海」這個字眼，是想像這座城市的唯一線索。彎進這條巷子，發現非洲就在眼前；彎進另一條巷子，突然又來到了阿拉伯世界；走到大馬路上，則又一瞬間回到歐洲。就是這樣。三間教堂比鄰而坐，一座教堂裡全是黃金裝飾的拜占庭風格，但旁邊那座則是徹徹底底的阿拉伯風格；再旁邊的另一座教堂，則是不容許任何直線，一切都雕塑成弧線的巴洛克風。教堂旁邊有著市場，那些色彩超現實的水果與蔬菜，用盡它們全身的力氣來證明這裡叫做地中海。魚和海鮮，也渾身散發著地中海的氣息。不同時代、不同建築樣式、不同大陸的族群、文化、食物，和諧地在巴勒摩共同生活。所以，抵達這座城市不到一天，我就紅著臉對老公說：

「哇！說這裡是任何地方我都相信！」

或許是因為這樣，巴勒摩人總是用不同的方式稱呼自己，以和其他的西西里人做區隔。「我們巴勒摩人很懶惰，我們喜歡坐下來聊天。」他們會把城市裡最大條的路擠得水洩不通，讓車子無法行走。餐廳會把桌子擺在街上，人們就在路中央恣意走著、坐在桌邊喝酒。白天很多人喝酒，晚上更多。我們也跟他們一樣悠閒地走著，然後拐進一間音樂放很大聲的酒館，點了杯威士忌。調酒師倒了兩大杯在韓國要價昂貴的威士忌給我們。我們居然能喝這麼昂貴的威士忌，而且還是這麼多！這到底多少錢？我們決定打賭。老公猜十二歐元，我猜七歐元，結果呢？我贏了。獲勝的我帶著滿臉笑容對調酒師說：

「我們兩個剛剛在打賭，猜這杯酒多少錢。」

「你們猜多少？」

「我猜七歐，我老公猜十二歐。」

「十二歐？太誇張了，這裡是巴勒摩，又不是歐洲其他地方。」

聽完這番話我大笑，這就是我對巴勒摩的感覺。獨一無二的存在。不是歐洲人、不是西西里人，就是巴勒摩人聚集生活的地方。我真的一瞬間就深深愛上這個城市，好像歌德也說過，這裡是「全世界最美麗的城市」。我對這座城市感到好奇。我該叫這座城市什麼呢？真的有辦法只用一個名詞概括嗎？

巴勒摩的眾多魅力中，讓我留下最深刻印象的，是巴勒摩大教堂。就已經無法好好介紹巴勒摩了，我實在不知道該怎麼介紹巴勒摩大教堂才好。教堂本身就是地中海。經歷了六百年建造完成，融入了這段時間掌管這塊土地的各民族文化。剛開始建造時是拜占庭風格，但建造時間很長，所以也混雜了哥德式、巴洛克式及羅曼式建築的風格。這是一座其中一處是十二世紀建造完成，另一處是十八世紀建造完成，柱子是哥德式，正面則是巴洛克風格的教堂。這麼說來，這座教堂本身就是由漫長的時間、眾多的人類和不同的喜好綜合而成。問題是這一切卻又驚人地和諧，十分自然地輕鬆跨越了幾百年的漫長歲月。這漫長的歲月，建造了這獨一無二的教堂。我爬上教堂的頂端，同時俯瞰整座城市與腳下的教堂。這兩者微妙地相似。在這獨一無二的城市，有著獨一無二的教堂。

教堂頂端的開放時間有限制，所以沒停留多久我就下來，反覆咀嚼著宏偉教堂帶給我的感動，走進旁邊的小巷裡。走著走著，老公突然從我身邊消失。我緊張地四處張望，接著便看見一個在白天十八度的涼爽溫度下，仍穿著毛呢大衣的奶奶抓住了他，他正露出有些為難的笑容。是吉普賽人嗎？還是乞丐呢？我急忙跑去。奶奶一直不知道在跟我老公說什麼，她不斷說著我們完全聽不懂的義大利文，連我也開始露出尷尬的笑容了。最後，奶奶拉著我們的手往教堂後面走去，這個舉動徹底將我擊垮。

「馬上？不行！（我用手比著叉）什麼？喔！（我露出了笑容）。」

這時候我才終於聽懂她的話。她說教堂的正面不怎麼樣，背面才是真的漂亮。她拉著我們，往教堂背面的另一個地方走去，她要帶我們去她認為最美的地方。我們連聲道謝，一邊往教堂後方走去。在那裡，我們見到另一塊大陸的美麗。阿拉伯式建築的花紋滿布整座教堂的背面，但卻不失和諧。它們彷彿原本就存在於那裡一樣，精美地令人驚訝，充滿著奇特的美麗。

在西西里，我經常能夠在受到希臘羅馬影響的伊斯蘭木工裝飾底下，有時則是在金黃色的拜占庭風格背景襯托下，聽見拉丁音樂的旋律。地中海這個對人類影響最大的文明，和另一個文明相遇之後，交織出不同的藝術與文化，西西里就是這段歷史的見證。

——羅伯特・卡普蘭《地中海的冬天——突尼西亞、西西里和希臘的歷史之旅》

那個地方，讓我擁有一個近乎不可能的願望。我想成為像巴勒摩大教堂那樣的人，想要成為橫跨漫長歲月、融合多元取向，進而發光發熱的人。今天喜歡這樣的感覺、明天則偏好那樣的風格，後天又傾心於截然不同的形式。我想成為一個不會太過偏重特定風格的人、一個不原地踏步的人，想成為一個不排斥其他喜好、一個有包容性的人。我想成為讓我曾經的偏好在身上留下痕跡，最後創造出自我風格的人。我想成為這樣的人。即使辛苦、即使困難、即使要花很多時間，我也想像巴勒摩大教堂一樣，一定要像巴勒摩大教堂一樣。

我的日常取向：
把每一天，都活成自己喜歡的樣子

作　　者　金敃澈
譯　　者　陳品芳
執行編輯　顏妤安
行銷企劃　李雙如
封面設計　Ancy Pi
版面構成　呂明蓁
發 行 人　王榮文
出版發行　遠流出版事業股份有限公司
地　　址　臺北市南昌路 2 段 81 號 6 樓
客服電話　02-2392-6899
傳　　真　02-2392-6658
郵　　撥　0189456-1
著作權顧問　蕭雄淋律師

2020 年 3 月 31 日 初版一刷
定價　新臺幣 300 元

ISBN　978-957-32-8729-2
遠流博識網　http://www.ylib.com
E-mail　ylib@ylib.com
（如有缺頁或破損，請寄回更換）

圖書館出版品預行編目 (CIP) 資料

我的日常取向 : 把每一天，都活成自己喜歡的樣子 / 金敃澈著 ; 陳品芳譯 .
-- 初版 . -- 臺北市 : 遠流 , 2020.03　面；　公分

ISBN　978-957-32-8729-2(平裝)

862.6　　109001372